少年读
太平广记 ⑥

[宋] 李昉 等编撰　杨柏林　刘春艳 编译　　精美插图版

贵州大学出版社
Guizhou University Press

少年读

太平广记

颜回

 原文诵读

颜回、子路共坐于夫子之门,有鬼魅求见孔子,其目若合日,其状甚伟。子路失魄,口噤不得言。颜渊乃纳履杖剑前,卷握其腰,于是形化成蛇,即斩之。孔子出观,叹曰:"勇者不惧,智者不惑;智者不勇,勇者不必有智。"(出《小说》)

 译文

颜回、子路一起坐在孔子的门前,这时有个鬼怪来求见孔子,他的眼睛像两个并列的太阳,他的身形也很魁伟。子路吓得失魂落魄,紧闭着嘴说不出话。颜渊却穿上鞋举起剑走上前去,两臂握住他的腰,这时鬼怪的身形变成蛇,就斩杀了它。孔子出来察看,感叹说:"勇敢的人不害怕,有智慧的人不受迷惑;有智慧的人不一定勇敢,勇敢的人不一定有智慧。"

 读后感悟

颜回不只是居陋巷不改其乐,其于智勇亦可称赞。

袁玄瑛

 原文诵读

吴兴太守袁玄瑛当之官,往日者问吉凶,曰:"法,至官当有赤蛇为妖,不可杀。"至,果有赤蛇在铜虎符石函上蟠,玄瑛命杀之,其后果为贼徐馥所害也。(出《广古今五行记》)

 译文

吴兴太守袁玄瑛将要赴任,到占卜者那里去卜问吉凶,占卜人说:"根据筮法,到职后会有红蛇作妖,不可杀蛇。"到了官任上时,果然有红色的蛇在装铜虎符的石匣上盘踞着。袁玄瑛让人杀了蛇,他后来果然被贼人徐馥所害。

 读后感悟

良言难劝,终致非命。

禽鸟

凤凰台

 原文诵读

凤骨黑,雄雌旦夕鸣各异。皇帝使伶伦制十二籥(yuè)写之,其雄声,其雌音。乐有《凤凰台》。此凤脚下物如白石者,凤有时来仪,候其所止处,掘深三尺,有圆石如卵,正白,服之安心神。(出《酉阳杂俎》)

 译文

凤凰的骨头是黑色的,雄的和雌的在早晨和夜晚的叫声各不相同。皇帝让乐官制造了一支十二个孔的乐器"龠"来模仿雌雄凤凰鸣叫的声音。乐曲有《凤凰台》。这种凤凰脚下有一种好像是白石头一样的东西,凤凰出现的时候,找到它站立过的地方,挖掘三尺深,能找到像鸟蛋一样的圆石,吃了它可以使人心神安定。

 **读后感悟**

凤凰为神鸟,古代诗人歌咏凤凰者甚多,李白杜甫皆有吟咏凤凰台者,不知与此《凤凰台》有何关系。

鹦鹉救火

 原文诵读

有鹦鹉飞集他山,山中禽兽辄相贵重。鹦鹉自念,虽乐不可久也,便去。后数日,山中大火,鹦鹉遥见,便入水濡羽,飞而洒之。天神言:"汝虽有志,意何足云也?"对曰:"虽知不能,然尝侨居是山,禽兽行善,皆为兄弟,不忍见耳。"天神嘉感,即为灭火。(出《异苑》)

译文

有只鹦鹉飞落在别的山上,山里的飞禽走兽都很尊重它。鹦鹉心里想,这里虽然快乐却不能久住,就离开了。几天后,山上忽然燃起大火,鹦鹉远远地看见了,就跳进水里沾湿羽毛,飞去洒向大火。天神说:"你虽然有救火的心思,但是这种做法值得一提吗?"鹦鹉回答说:"虽然我知道不能够扑灭大火,可是我曾经在这座山上居住过,山上的禽兽都很善良,全都像是我的兄弟一样,我不忍心看到它们被烧死。"天神赞美鹦鹉并受到感动,于是为它将山火扑灭。

 ### 读后感悟

古人云,鹦鹉能言,不离禽兽。然鹦鹉亦有感恩之心,愚公之志,终能感动神灵,促成善举。

祖录事

 原文诵读

久视年中,越州有祖录事,不得名,早出,见担鹅向市中者。鹅见录事,频顾而鸣,祖乃以钱赎之。至僧寺,令放为长生。鹅竟不肯入寺,但走逐祖后,经坊历市,稠人广众之处,一步不放,祖收养之。左丞张锡亲见说。(出《朝野佥载》)

 **译文**

武则天久视年间,越州有个姓祖的录事,不知道他的名字,他早晨出门,看见了有人挑着鹅向市集走去。鹅看见了祖录事,频频回头鸣叫,祖录事就用钱买下了鹅。到了一个寺庙,他让和尚把鹅放生。鹅竟然不肯进入寺庙,只是跑着跟在祖录事身后,经过作坊和集市等人多广众的地方,一步也不放松,祖录事就收养了这只鹅。左丞相张锡说是自己亲眼所见。

 **读后感悟**

动物亦有性情,能识人,能感恩。

飞涎鸟

原文诵读

南海去会稽三千里,有狗国,国中有飞涎鸟似鼠,两翼如鸟而脚赤。每至晓,诸栖禽未散之前,各各占一树,口中有涎如胶,绕树飞,涎如雨沾洒众枝叶。有他禽之至而如网

也,然乃食之。如竟午不获,即空中逐而涎惹之,无不中焉。人若捕得脯,治渴。其涎每布后半日即干,自落,落即布之。(出《外荒记》)

译文

南海距离会稽郡三千里地,有个狗国,狗国中有一种飞涎鸟,长得像老鼠,两翅像鸟,脚是红色的。每到天亮时,各种飞禽还栖息在树上没飞散之前,飞涎鸟各自占一棵树,鸟的涎水像胶一样,它绕着树飞,涎水像雨一样洒下来,沾在树的枝叶上。有其他禽鸟飞来,就被枝叶上的涎水粘住,像被网住一样,这样,飞涎鸟就吃掉被网住的鸟。如果到中午还没捉到鸟,它就在空中追逐并用涎水往鸟身上洒,没有洒不中的。人若捉住此鸟,用它的肉作成脯,能治渴病。它的涎水洒过半天后就干,干后便从枝叶上落下来,脱落后,它会马上再洒。

读后感悟

狗国之说,闻所未闻。万物皆有其存活之法则,此飞涎鸟是为一例。

精卫

 原文诵读

有鸟如乌,文首白喙赤足,名曰精卫。昔赤帝之女名女婧,往游于东海,溺死而不返,其神化为精卫。故精卫常取西山之木石,以填东海。(出《博物志》)

 **译文**

有一种鸟像乌鸦一样,头上有花纹,白色的嘴,红色的爪子,名字叫精卫。从前赤帝的女儿名叫女婧,到东海去游玩,淹死了没能回去,她的灵魂化为精卫鸟。所以精卫鸟常常衔来西山的木块和石头,用来填东海。

 读后感悟

赤帝即炎帝,精卫为炎帝女,溺亡而化为精卫鸟,填海不止,锲而不舍,可歌可泣。

海虾

 原文诵读

刘恂者曾登海舶,入舵楼,忽见窗板悬二巨虾壳。头、尾、钳、足具全,各七八尺。首占其一分,嘴尖利如锋刃,嘴上有须如红箸,各长二三尺。双脚有钳,钳粗如人大指,长二尺余,上有芒刺如蔷薇枝,赤而铦(xiān)硬,手不可触。脑壳烘透,弯环尺余,何止于杯盂也。《北户录》云:"滕循为广州刺史,有客语循曰:'虾须有一丈长者,堪为拄杖。'循不之信。客去东海,取须四尺以示循,方伏其异。"(出《岭表录异》)

 **译文**

刘恂曾登上一只海船,进入舵楼,忽然看见窗板上悬挂着两个巨大的虾壳。头、尾巴、钳和脚都是完整的,各有七八尺长。头占长度的十分之一。嘴像刀刃一样尖利,嘴上的须子像根红色的筷子,各有二三尺长。双脚都有钳子,钳子像人的大拇指一样粗,两尺多长,上面长着像蔷薇花刺一样的又锋利又硬的红色小刺,不能用手去触碰。虾的脑壳用火烘透,弯成环形,有一尺多长,比杯盂还大。《北户录》里说:"滕循担任广

州刺史时,有个客人对滕循说:'有的大虾须有一丈多长,能当拐杖。'滕循不相信他的话。那个客人去东海,取回一根四尺长的虾须给滕循看,他这才信服了客人说的奇事。"

读后感悟

世界之大,无奇不有,对自然当永存敬畏。

夏鲧

原文诵读

尧命夏鲧(gǔn)治水,九载无绩,鲧自沉于羽渊,化为玄鱼。时植仙振鳞横游波上,见者谓为河精,羽渊与河海通源也。上古之人于羽山之下修立鲧庙,四时以致祭祀。常见此黑鱼与蛟龙瀺灂(chán zhuó)而出,观者惊而畏之。至舜命禹,疏川奠岳,行遍日月之下,唯不践羽山之地。济巨海则鼋(yuán)龟为梁,逾峻山则神龙为负,皆圣德之感也。鲧之化,其事互说,神变犹一,而色状不同。玄鱼黄熊,四音相乱,传写流误,并略记焉。(出《王子年拾遗记》)

 ## 译文

帝尧让夏鲧治水,九年没有成效,鲧就自己淹死在羽渊里,变成一条黑鱼。他经常竖起鱼脊晃动着鳞甲自由地在水面上游,看见的人把它叫作河精,羽渊与河、海的源头都相通。上古时期的人在羽山下修建了鲧庙,一年四季都祭祀鲧。人们常常看见这条黑鱼和蛟龙一起在水中出没,观看的人感到惊奇而且畏惧它们。等到舜派禹疏导江河,祭祀大山的时候,大禹走遍天下,唯独不到羽山。渡大海时,大鳖和大龟就是渡海的桥梁,攀登崇山峻岭时,神龙背着他过去,都是圣德的感召呀。鲧的变化,传说不一,他变成神的说法是一致的,变化的具体情形却各有不同的说法,玄鱼和黄熊的字音相近,容易互相混淆,流传中的错误,在这里都略加记录。

 ## 读后感悟

鲧虽治水无功,其子大禹能承其遗志,终成大业。

鲧死后有化为黄熊、玄鱼和黄龙的三种说法,这三者确有音近的情况。

子路

原文诵读

孔子厄于陈，弦歌于馆中。夜有一人，长九尺余，皂衣高冠，咤声动左右。子路引出，与战于庭，仆之于地。乃是大鳀(tí)鱼也，长九尺余。孔子叹曰："此物也，何为来哉？吾闻物老则群精依之，因衰而至。此其来也，岂以吾遇厄绝粮，从者病乎？夫六畜之物，及龟蛇鱼鳖草木之属，神皆能为妖怪，故谓之五酉。五行之方，皆有其物，酉者老也，故物老则为怪矣。杀之则已，夫何患焉？"（出《搜神记》）

译文

孔子受困于陈国，在旅馆里弹琴唱歌。夜里有一个人，身高九尺多，穿黑色衣服，戴着高高的帽子，呼喊声惊动了附近的人。子路把那人拉到外面，与他在庭院里搏斗，把那人打倒在地上，竟然是一条大鳀鱼，有九尺多长。孔子叹息说："这个东西，为什么到这里来呢？我听说，动物太老，各种精灵就会依附在它身上。我们运气衰落，是它这次到来的原因。难道是因为我被困绝粮，跟着我的人也得病的原因吗？六畜一类东西，以及龟、蛇、鱼、鳖、草木之类，它们的精气都能兴妖作怪，所以叫他们五酉。五行之类，都有这些东西。酉，就是老的意思，所以物太古老就变成精怪了。杀了它们就停止作怪了，有什么好担心的呢？"

读后感悟

鲁哀公十四年获麟，孔子伤周道不兴，嘉瑞不应，作《春秋》至此而停笔。鳀鱼之出现，早于获麟，孔子即叹息老之将至。

荆州渔人

原文诵读

唐天宝中，荆州渔人得钓青鱼，长一丈，鳞上有五色圆花，异常端丽，渔人不识，以其与常鱼异，不持诣市，自烹食，无味，颇怪焉。后五日，忽有车骑数十人至渔者所，渔者惊惧出拜，闻车中怒云："我之王子，往朝东海，何故杀之？我令将军访王子，汝又杀之，当令汝身崩溃分裂，受苦痛如王子及将军也！"言讫，呵渔人，渔人倒，因大惶汗。久之方悟，家人扶还，便得癫病。十余日，形体口鼻手足溃

烂，身肉分散，数月方死也。(出《广异记》)

 **译文**

唐朝天宝年间，荆州一个渔夫钓到一条青鱼，有一丈长，鳞上有五色的圆形花纹，异常美丽。渔夫不认识这是什么鱼，但认为它和平常的鱼不一样，就没有拿到集市上去卖，而是自己煮着吃了。鱼没有味道，他感到很奇怪。过后第五天，忽然有车马骑士几十个人来到渔夫这儿，渔夫担心害怕地出门行礼，听见车子里的人愤怒地说："我的王子，前往东海去朝拜，你为什么杀了他？我派将军出来访寻王子，你又杀了将军，应当让你身体崩溃分裂，像王子和将军一样遭受痛苦。"说完，呵斥渔夫。渔夫倒在地上，惊惧得出了大汗。过了好久才苏醒过来，家里人把他扶回家。之后，他就得了癫病。过了十多天，身体口鼻和手脚都溃烂了，身上的肉也逐渐分离，几个月后才死掉。

 读后感悟

对于新鲜事物，既要大胆又要心细，认真评估后再行动。

宋士宗母

 原文诵读

魏清河宋士宗母,以黄初中,夏天于浴室里浴,遣家中子女阖户。家人于壁穿中,窥见沐盆水中有一大鼋。遂开户,大小悉入,了不与人相承。尝先著银钗,犹在头上。相与守之啼泣,无可奈何。出外,去甚驶,逐之不可及,便入水。后数日忽还,巡行舍宅如平生,了无所言而去。时人谓士宗应行丧,士宗以母形虽变,而生理尚存,竟不治丧。与江夏黄母相似。(出《续搜神记》)

 译文

魏国清河人宋士宗的母亲,黄初年间,夏天在浴室里沐浴,让家里的儿女们关上门。家里人从墙壁的孔洞中,偷偷看到浴盆的水里有一只鼋。于是打开门,大人小孩全进到浴室,大鼋却一点也不想搭理他们。宋的母亲先前戴着的银钗,尚且在其头上。一家人守着大鼋哭泣,无可奈何。那个大鼋爬出门外,跑得很快,人们追赶不上它,于是让它跳进了水里。过了好几天,它忽然又回来了,像平时一样在住宅四周巡行,一句话没说就离开了。当时的人对宋士宗说应当为母亲服丧,宋士宗认为母亲的形体虽然变化了,但是还活在世上,就没有举行丧礼。这和江夏黄氏的母亲的故事很相似。

 读后感悟

鼋,属鳖类,背部扁平呈宽圆形,栖息于内陆淡水河中,长寿。

昆虫

怪哉

 原文诵读

汉武帝幸甘泉,驰道中有虫,赤色,头、牙、齿、耳、鼻尽具,观者莫识。帝乃使东方朔视之,还对曰:"此虫名怪哉,昔时拘系无辜,众庶愁怨,咸仰首叹曰:怪哉怪哉。盖感动上天,愤所生也,故名怪哉。此地必秦之狱处。"即按地图,信如其言。上又曰:"何以去虫?"朔曰:"凡忧者,得酒而解,以酒灌之当消。"于是使人取虫置酒中,须臾糜散。(出《小说》)

 译文

汉武帝到甘泉去,看到路上有一条虫子,红色,头、牙、齿、耳、鼻全都有,看到的人没有人能认识。于是汉武帝派东方朔去察看,东方朔回来回答说:"这种虫名叫怪哉,从前经常捕捉无辜百姓,人们忧愁怨恨,都仰首叹息说:怪哉怪哉。大概是感动了上天,由这怨愤之气凝聚而生成这虫子,所以叫怪哉。这地方一定是以前秦朝的监狱。"于是立即查找地图,的确像东方朔说的那样。汉武帝又说:"怎么可以除掉这种虫?"东方朔说:"凡是忧愁的人,喝了酒就可以解除忧愁,用酒浸灌它就可以除掉它。"于是汉武帝派人将虫子捉来放在酒里,不一会儿就消解了。

读后感悟

怪哉,即怪异之虫,古书多有记载。东方朔以此劝谏汉武帝善待百姓。

淳于棼

原文诵读

东平淳于棼(fén),吴楚游侠之士。嗜酒使气,不守细行,累巨产,养豪客。曾以武艺补淮南军裨将,因使酒忤帅,斥逐落魄,纵诞饮酒为事。家住广陵郡东十里,所居宅南有大古槐一株,枝干修密,清阴数亩,淳于生日与群豪大饮其下。唐贞元七年九月,因沉醉致疾,时二友人于坐扶生归家,卧于堂东庑之下。二友谓生曰:"子其寝矣,余将秣马濯足,俟子小愈而去。"生解巾就枕,昏然忽忽,仿佛若梦。见二紫衣使者,跪拜生曰:"槐安国王遣小臣致命奉邀。"生不觉下榻整衣,随二使至门。见青油小车,驾以四牡,左右从者七八，扶生上车，出大户，指古槐穴而去。使者即驱入穴中，生意颇甚异之，不敢致问。忽见山川风候，草木道路，与人世甚殊。前行数十里，有郛(fú)郭城堞(dié)，车舆人物，不绝于路。生左右传车者传呼甚严，行者亦争辟于左右。又入大城，朱门重楼，楼上有金书，题曰"大槐安国"。执门者趋拜奔走，旋有一骑传呼曰："王以驸马远降，令且息东华馆。"因前导而去。俄见一门洞开，生降车而入。彩槛雕楹，华木珍果，列植于庭下；几案茵褥，帘帏殽膳，陈设于庭上。生心甚自悦。复有呼曰："右相且至。"生降阶祗奉。有一人紫衣象简前趋，宾主之仪敬尽焉。右相曰："寡君不以弊国远僻，奉迎君子，托以姻亲。"生曰："某以贱劣之躯，岂敢是望。"右相因请生同诣其所。行可百步，入朱门，矛戟斧钺(yuè)，布列左右，军吏数百，辟易道侧。生有平生酒徒周弁(biàn)者，亦趋其中，生私心悦之，不敢前问。右相引生升广殿，御卫严肃，若至尊之所。见一人长大端严，居正位，衣素练服，簪朱华冠。生战栗，不敢仰视。左右侍者令生拜，王曰："前奉贤尊命，不弃小国，许令次女瑶芳奉事君子。"生但俯伏而已，不敢致词。王曰："且就宾宇，续造仪式。"有旨，右相亦与生偕还馆舍。生思念之，意以为父在边将，因没虏中，不知存亡，将谓父北蕃交通而致兹事？心甚迷惑，不知其由。是夕，羔雁币帛，威容仪度，妓乐丝竹，殽膳灯烛，车骑礼物之用，无不咸备。有群女，或称华阳姑，或称青溪姑，或称上仙子，或称下仙子，若是者数辈，皆侍从数千，冠翠凤冠，衣金霞帔，彩碧金钿，目不

可视。遨游戏乐,往来其门,争以淳于郎为戏弄。风态妖丽,言词巧艳,生莫能对。复有一女谓生曰:"昨上巳日,吾从灵芝夫人过禅智寺,于天竺院观右延舞《婆罗门》,吾与诸女坐北牖石榻上。时君少年,亦解骑来看,君独强来亲洽,言调笑谑。吾与穷英妹结绛巾,挂于竹枝上,君独不忆念之乎?又七月十六日,吾于孝感寺侍上真子,听契玄法师讲《观音经》。吾于讲下舍金凤钗两只,上真子舍水犀合子一枚,时君亦讲筵中,于师处请钗合视之,赏叹再三,嗟异良久。顾余辈曰:'人之与物,皆非世间所有。'或问吾民,或访吾里,吾亦不答,情意恋恋,瞩盼不舍,君岂不思念之乎?"生曰:"中心藏之,何日忘之。"群女曰:"不意今日与君为眷属。"复有三人,冠带甚伟,前拜生曰:"奉命为驸马相者。"中一人,与生且故,生指曰:"子非冯翊田子华乎?"田曰:"然。"生前,执手叙旧久之。生谓曰:"子何以居此?"子华曰:"吾放游,获受知于右相武成侯段公,因以栖托。"生复问曰:"周弁在此,知之乎?"子华曰:"周生贵人也,职为司隶,权势甚盛,吾数蒙庇护。"言笑甚欢,俄传声曰:"驸马可进矣。"三子取剑佩冕服更衣之。子华曰:"不意今日获睹盛礼,无以相忘也。"有仙姬数十,奏诸异乐,婉转清亮,曲调凄悲,非人间之所闻听。有执烛引导者亦数十,左右见金翠步障,彩碧玲珑,不断数里。生端坐车中,心意恍惚,甚不自安,田子华数言笑以解之。向者群女姑娣,各乘凤翼辇,亦往来其间。至一门,号修仪宫,群仙姑姊,亦纷然在侧,令生降车辇拜,揖让升降,一如人间。

彻障去扇，见一女子，云号金枝公主，年可十四五，俨若神仙。交欢之礼，颇亦明显。生自尔情义日洽，荣曜日盛，出入车服，游宴宾御，次于王者。王命生与群寮(liáo)备武卫，大猎于国西灵龟山。山阜峻秀，川泽广远，林树丰茂，飞禽走兽，无不蓄之。师徒大获，竟夕而还。生因他日启王曰："臣顷结好之日，大王云奉臣父之命。臣父顷佐边将，用兵失利，陷没胡中，尔来绝书信十七八岁矣。王既知所在，臣请一往拜觐。"王遽谓曰："亲家翁职守北土，信问不绝，卿但具书状知闻，未用便去。"遂命妻致馈贺之礼，一以遣之，数夕还答。生验书本意，皆父平生之迹，书中忆念教诲，情意委屈，皆如昔年。复问生亲戚存亡，闾里兴废。复言路道乖远，风烟阻绝，词意悲苦，言语哀伤，又不令生来觐，云岁在丁丑，当与女相见。生捧书悲咽，情不自堪。他日，妻谓生曰："子岂不思为政乎？"生曰："我放荡，不习政事。"妻曰："卿但为之，余当奉赞。"妻遂白于王。累日，谓生曰："吾南柯政事不理，太守黜废，欲藉卿才，可曲屈之，便与小女同行。"生敦授教命。王遂敕有司备太守行李。因出金玉锦绣，箱奁仆妾车马列于广衢，以饯公主之行。生少游侠，曾不敢有望，至是甚悦，因上表曰："臣将门余子，素无艺术。猥当大任，必败朝章；自悲负乘，坐致覆。今欲广求贤哲，以赞不逮。伏见司隶颍川周弁忠亮刚直，守法不回，有毗佐之器。处士冯翊田子华清慎通变，达政化之源。二人与臣有十年之旧，备知才用，可托政事。周请署南柯司宪，田请署司农，庶使臣政绩有闻，宪章不紊也。"王并依表以遣之。其夕，王与夫人饯于国南。王谓生曰："南柯，国之大郡，土地丰壤，人物豪盛，非惠政不能以治之，况有周田二赞，卿其勉之，以副国念。"夫人戒公主曰："淳于郎性刚好酒，加之少年，为妇之道，贵乎柔顺，尔善事之，吾无忧矣。南柯虽封境不遥，晨昏有间，今日暌（kuí）别，宁不沾巾？"生与妻拜首南去，登车拥骑，言笑甚欢。累夕达郡，郡有官吏僧道耆老，音乐车舆，武卫銮铃，争来迎奉。人物阗咽，钟鼓喧哗不绝。十数里，见雉堞台观，佳气郁郁。入大城门，门亦有大榜，题以金字，曰"南柯郡城"。是朱轩棨户，森然深邃。生下车，省风俗，疗病苦，政事委以周田，郡中大理。自守郡二十载，风化广被，百姓歌谣，建功德碑，立生祠宇。王甚重之，赐食邑锡爵，位居台辅。周田皆以政治著闻，递迁大位。生有五男二女，男以门荫授官，女亦娉于王族，荣耀显赫，一时之盛，代莫比之。是岁，有檀萝国者，来伐是郡。王命生练将训师以征之，乃表周弁将兵三万，以拒贼之众于瑶台城。弁刚勇轻进，师徒败绩，弁单骑裸身潜遁，夜归城，贼亦收辎重铠甲而还。生因囚弁以请罪，王并舍之。是月，司宪周弁疽发背卒。生妻公主遘疾，旬日又薨。生因请罢郡，护丧赴国，王许之，便以司农田子华行南柯太守事。生哀恸发引，威仪在途，男女叫号，人吏奠馔，攀辕遮道者，不可胜数，遂达于国。王与夫人素衣哭于郊，候灵之至。谥公主曰"顺仪公主"，备仪仗羽葆鼓吹，葬于国东十里盘龙冈。是月，故司宪子荣信亦护丧赴国。生久镇外藩，结好中国，贵门豪族，靡不是洽。自罢郡

还国,出入无恒,交游宾从,威福日盛,王意疑惮之。时有国人上表云:"玄象谪见,国有大恐,都邑迁徙,宗庙崩坏。衅起他族,事在萧墙。"时议以生侈僭之应也,遂夺生侍卫,禁生游从,处之私第。生自恃守郡多年,曾无败政,流言怨悖,郁郁不乐。王亦知之,因命生曰:"姻亲二十余年,不幸小女夭枉,不得与君子偕老,良用痛伤,夫人因留孙自鞠育之。"又谓生曰:"卿离家多时,可暂归本里,一见亲族,诸孙留此,无以为念。后三年,当令迎生。"生曰:"此乃家矣,何更归焉?"王笑曰:"卿本人间,家非在此。"生忽若惛睡,瞢然久之,方乃发悟前事,遂流涕请还。王顾左右以送生,生再拜而去。复见前二紫衣使者从焉,至大户外,见所乘车甚劣,左右亲使御仆,遂无一人,心甚叹异。生上车行可数里,复出大城,宛是昔年东来之途,山川源野,依然如旧。所送二使者,甚无威势,生逾怏怏。生问使者曰:"广陵郡何时可到?"二使讴歌自若,久之乃答曰:"少顷即至。"俄出一穴,见本里闾巷,不改往日。潸然自悲,不觉流涕。二使者引生下车,入其门,升自阶,己身卧于堂东庑之下。生甚惊畏,不敢前近。二使因大呼生之姓名数声,生遂发寤如初,见家之僮仆,拥彗于庭,二客濯足于榻,斜日未隐于西垣,余樽尚湛于东牖(yǒu)。梦中倏忽,若度一世矣。生感念嗟叹,遂呼二客而语之,惊骇,因与生出外,寻槐下穴。生指曰:"此即梦中所惊入处。"二客将谓狐狸木媚之所为祟,遂命仆夫荷斤斧,断拥肿,折查枿,寻穴究源。旁可袤丈,有大穴,根洞然明朗,可容一榻,上有积土壤,以为城郭台

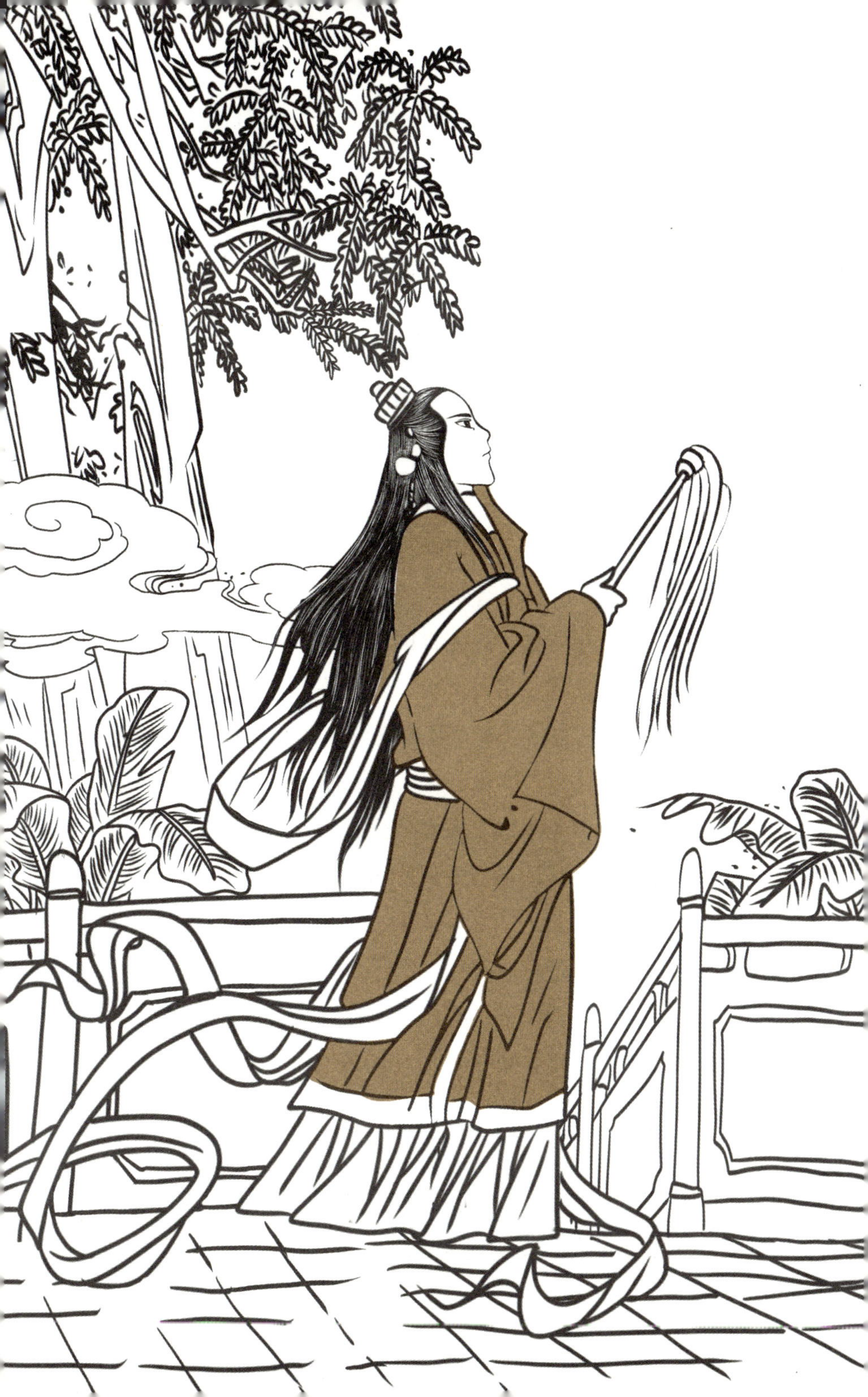

殿之状，有蚁数斛，隐聚其中。中有小台，其色若丹，二大蚁处之，素翼朱首，长可三寸，左右大蚁数十辅之，诸蚁不敢近。此其王矣，即槐安国都也。又穷一穴，直上南枝可四丈，宛转方中，亦有土城小楼，群蚁亦处其中，即生所领南柯郡也。又一穴，西去二丈，磅礴空朽，嵌窞(dàn)异状，中有一腐龟壳，大如斗，积雨浸润，小草丛生，繁茂翳荟，掩映振壳，即生所猎灵龟山也。又穷一穴，东去丈余，古根盘屈，若龙虺(huī)之状，中有小土壤，高尺余，即生所葬妻盘龙冈之墓也。追想前事，感叹于怀，披阅穷迹，皆符所梦。不欲二客坏之，遽令掩塞如旧。是夕，风雨暴发。旦视其穴，遂失群蚁，莫知所去。故先言国有大恐，都邑迁徙，此其验矣。复念檀萝征伐之事，又请二客访迹于外。宅东一里，有古涸涧，侧有大檀树一株，藤萝拥织，上不见日，旁有小穴，亦有群蚁隐聚其间，檀萝之国，岂非此耶！嗟乎！蚁之灵异，犹不可穷，况山藏木伏之大者所变化乎？时生酒徒周弁、田子华，并居六合县，不与生过从旬日矣。生遽遣家僮疾往候之，周生暴疾已逝，田子华亦寝疾于床。生感南柯之浮虚，悟人世之倏忽，遂栖心道门，绝弃酒色。后三年，岁在丁丑，亦终于家，时年四十七，将符宿契之限矣。公佐贞元十八年秋八月，自吴之洛，暂泊淮浦，偶觌(dí)淳于生梦，询访遗迹。翻覆再三，事皆摭实，辄编录成传，以资好事。虽稽神语怪，事涉非经，而窃位著生，冀将为戒，后之君子，幸以南柯为偶然，无以名位骄于天壤间云。前华州参军李肇赞曰："贵极禄位，权倾国都。达人视此，蚁聚何殊。"（出《异闻录》）

译文

东平人淳于棼,是吴楚之间一个喜欢交友漫游、讲义气的人。他喜欢喝酒,任侠用事,不拘小节,家产巨万,豢养了一些豪杰之士。他曾凭借武艺补任淮南军队的副将,因为酒后狂言触犯了主帅,被撤销官职后漂泊流浪,行为放纵不受拘束,每天只是喝酒。他家住在广陵郡东十里,居住的宅子南面有一株大古槐树,枝干长而浓密,覆盖了几亩地的荫凉,淳于棼天天和一群豪迈之士在树荫下痛快地喝酒。唐朝贞元七年七月九日,他因酒喝得大醉而得了病,当时有两个朋友从席间出来把他送回家去,让他躺在堂屋东面的走廊里。两个朋友对他说:"你就睡会儿吧,我们两个人喂喂马、洗洗脚,等你的病稍好之后再走。"淳于棼解下头巾,枕上枕头,昏昏沉沉,恍恍惚惚,仿佛像梦一样,看见两个穿紫衣的使者,对着他行跪拜之礼,说:"槐安国王派我们向你表示邀请。"他不知不觉地走下床,整理一下衣服,跟着二位使者到了门外;看见青油小车,套着四匹公马,跟随的侍从有七八个人。他们将淳于棼扶上车,出了大门,一直向古桃树的一个洞穴走去。使者随即赶着车进入洞穴里,淳于棼心里很奇怪,也不敢发问。忽然看见山川风物、草木道路,和人世很不一样。再往前走了几十里路,有外城城墙,车马和行人,在路上连续不断。淳于棼身边跟随着的供呼唤支使的人,呼唤的声音很严厉,行人也急忙向道路两侧躲避。又走入一个大城,红色的大门,重叠的楼

阁，楼上有金色题写的字，叫"大槐安国"。城门官跑上前来行礼，又奔走招呼，接着有一人骑马呼喊着说："国王因为驸马从远方来，让他暂且到东华馆休息。"于是在前面领路，很快看见一个门大开着，淳于棼下车走了进去。里面是彩绘雕花的栏杆和柱子，美观的树木，珍贵的果实，一行行地栽种在厅外。桌椅、垫子、门帘和酒席，陈列在厅外，淳于棼心里很高兴。接着有人喊道："右丞相快要到了。"淳于棼走下台阶恭敬地迎接，有一个人穿着紫色的朝服，拿着象牙手板急步走来，宾主之间的礼仪完后，右丞相说："我们的国君，不因为我国遥远偏僻，把你迎来，结为婚姻亲家。"淳于棼说："我自己只有个卑贱的身躯，怎么敢想这样的事呢？"右丞相于是请淳于棼一同去皇上那里。走了大约一百多步，进入一个大红门，左右手持矛、戟、斧、钺的武士，排列两侧，几百个军官，回避在道边上。淳于棼有个平生一起喝酒的朋友叫周弁的，也在人群中。淳于棼心里很高兴，却不敢上前问话。右丞相领着淳于棼登上一所宽敞的宫殿，御卫非常严密，像是帝王的住处。只见有一个人又高大又端庄严肃，坐在正中的位置上，穿着白色的锦服，戴着红花冠，淳于棼颤栗起来，不敢抬头看。身边的侍从让他下拜，国王说："先前遵照令尊的命令，不嫌弃我们是个小国，允许让我的二女儿瑶芳嫁给你。"淳于棼只是趴在地上，不敢回话。国王说："你暂且到宾馆去，过后再举行仪式。"有了皇上的旨意，右丞相也和淳于棼一起回到了馆舍。淳于棼思考着这件事，心里以为父亲在边界做将军，因为被敌人捉去，不知道是死是活，或者是父亲与北蕃暗中来往，才有现在招为驸马的事？心里很是迷惑，不知道其中的原因。这天晚上，结婚用的礼物、气派排场，跳舞弹唱，酒席灯烛、车马礼物等，没有不备足的。有一群女子，有的叫华阳姑，有的叫青溪姑，有的叫上仙子，有的叫下仙子，像这样的有好几批人，都是带着几千的侍从，头上戴着翠凤冠，身上穿着金色的霞帔，五彩装饰的青玉，金子做的装饰品，光亮闪得眼睛白天不敢看，她们在他住的地方随意游玩说笑，争着来戏弄淳于棼。她们风度姿态妖艳美丽，言辞巧妙而有文采，淳于棼对答不上。又有一个女子对淳于棼说："去年的上巳日，我跟着灵芝夫人路过禅智寺，在天竺院观看右延跳《婆罗门》舞，我和各位女子坐在北窗的石凳上，当时你还是个少年，也下马来观看，你一个人强来亲近，说些调笑的笑话。我和穷英妹编了个绛色的头巾，挂在竹枝上，你难道想不起来了吗？还有在七月十六日，我在孝感寺和上真子一起，听契玄法师讲解《观音经》。我在讲台下施舍了两只金凤钗，上真子施舍了一枚水犀角做的盒子，当时你也在听讲席上，在法师那里借来钗和盒看了看，再三地赞叹，很长时间地感慨。回头对我们说：'这人和所施之物，都不是人世间能有的。'问我是哪里人，问我住在什么地方，我也没有回答，互相地情意绵绵地你看我，我看你，不舍得分手，你难道不思念了吗？"淳于棼说："我已把这些深深地藏在心里，什么时候能忘记呢？"一群女子说："想不到今天与你成了亲属。"又有三个人，穿戴得很神气，走上前对淳于棼行礼说："我们是遵照命令做驸马傧相的。"其中一个人与淳于棼是老朋友，淳于棼指着他说："你不是冯翊的田子华吗？"田子华说：

"是的。"淳于棼走上前,握着他的手叙旧很久。淳于棼对田子华说:"你为什么居住在这里?"田子华说:"我随意游玩,受到了右丞相武成侯段公的知遇和赏识,所以就在这里安身了。"淳于棼又问他说:"周弁在这里,你知道吗?"田子华说:"周生是个尊贵的人,担任司隶的职务,权势很大,我多次蒙受他的庇护。"两个人说说笑笑很高兴,不久传来声音说:"驸马可以进来了。"三个男傧相解下武器更换了新衣服,田子华说:"想不到今天能亲眼看到这么盛大的婚礼,不要忘记我。"这时有几十个仙女,演奏各种奇异的音乐,乐声曲折清亮,曲调却很凄凉悲伤,不是人间所能够听到的。又有几十个拿着灯烛领路的人,左右两边是金色和绿色的屏障,上面镶着玲珑精巧的彩色装饰的碧玉,好几里地接连不断。淳于棼端正地坐在车子里,心神恍恍惚惚,很不安宁,田子华多次和他说笑来安慰他。刚才的那群女子们,各自乘坐着凤翼辇,也在路上来来往往。到了一个宫门,叫"修仪宫",一群神仙姑姊,也纷纷地来到门边,让淳于棼走下车辇行礼,作揖道谢,一会儿前进,一会儿后退,和人间的礼节一样。撤去障子和遮面的羽扇,就看见一个女子,说叫金枝公主,年龄大约十四五岁,庄重得像神仙一样。交欢之时,也很严肃。从此二人的感情一天天地融洽,荣誉光彩一天天地兴盛,进出的车马衣服,游玩宴会跟随的宾客和侍从,仅次于国王。国王让淳于棼和朝廷官员准备好武器和兵士,在大槐安国西面的灵龟山上大规模地打猎,山连着山,险峻而秀美,江河湖泊宽广得望不到边际,林中树木茂盛浓密,飞禽走兽,没有不蓄养的,他们捕猎了很多猎物,晚上才回去。于是淳于棼有一天向国王说:"我不久前结婚的时候,大王曾说是遵照我父亲的意思办的。我的父亲原先是驻守边疆的将军,因为打仗失利,被捉到匈奴国去,从那以来断绝书信已经十七八年了。大王既然知道我父亲住的地方,请让我去拜见他。"国王立刻对他说:"亲家翁的职责是守卫北方的国土,通过书信互相问候,从未断绝,你只要写封信告诉一下你的情况,就可以了,不用亲自去。"于是让妻子准备赠送的礼品,派专人送去,几天后就回了信。淳于棼检查了书信的字迹和含义,全是父亲生平的事迹,信中陈述了思念的感情和对他的教诲,感情和心意表达得很详尽,全都像从前一样。又问淳于棼亲戚们的生死,家乡的兴与废。说道路相隔遥远,风烟阻隔,话说得很痛苦,语气也哀伤,又不让淳于棼来看望他,说是在丁丑这一年,才能与你相见。淳于棼捧着信,悲哀地哭起来,无法控制自己的感情。有一天,妻子对淳于棼说:"你难道不想做官吗?"淳于棼说:"我生性洒脱,又不熟悉政界的事。"妻子说:"你只是做你的官,我来帮助你。"妻子就告诉了国王,几天后,国王对淳于棼说:"我的南柯郡政事治理得不好,太守被我免职了,想借助你的才能,可以委曲你担任这个官职吗?就和小女儿一起去吧。"淳于棼恭敬地接受了国王的命令。国王就下令让主管官员给太守准备好行李等用品。于是拿出黄金、美玉、绸缎,还有箱奁、仆妾、车马等排列在宽广的街道上,来为公主饯行。淳于棼从小就交友漫游,讲究义气,并不敢有什么过分的期望,到这时自然很高兴,因而向皇上上表说:"我是将军家的没出息的后代,平时也没有才艺和策略,勉强地担当重任,一定会扰乱朝廷的法制。担当重任,自己也觉得自卑,因而造成失败。现在我想广泛地寻求有才能的人,用来帮助我力所不及的地方。我看司隶颍川人周弁忠亮刚正不阿,严守法度不屈曲,具有辅佐政事的能力。处士冯翊郡人田子华廉洁谨慎,通晓事变,十分了解政治教化的本源。他们二人和我有十年的老交情,我完全了解他们的才干和长处,可以把政事托付给他。周弁请任命为南柯郡的司宪,田子华请任命为司农,也许可以使我做出优异的政绩,使国家的法度章程有条不紊。"国王全都依照他上表说的办。那天晚上,国王和王后在京城的南门外为他们饯行,国王对淳于棼说:"南柯是国家的大郡,土地肥沃,能人很多,不实行爱民政治就不能治理好这个郡,何况还有周弁和田文华二人的赞助,你要勉力为之,以符合国家的期望。"王后告诫公主说:"淳于郎性情刚烈,喜欢喝酒,加上又正在少年,做妻子的规则,贵在温柔顺从,你好好地侍奉他,我也就不担心了。南柯郡虽然离京城不算远,早晚也不能天天见面,今天一离别,怎能不泪水沾湿巾帕。"淳于棼和妻子拜谢之后就向南去了。他们站在车上,骑士们簇拥着,说说笑笑十分欢畅。走了几天就到了南柯郡,郡里的官吏们、和尚、道士和地方上德高望重的老人,奏乐的车队、武装的卫士和车子,争着来迎接,人马喧闹,熙熙攘攘,撞钟打鼓,到处一片喧哗的声音。又走了十多里,就看见城墙和楼台宫殿,一看就充满着吉祥的气象。进入大城门,门上也有一个大匾额,上面题写着金色大字"南柯郡城"。这里红色的大门,门外面挂着表示威严的剑戟,威武森严。淳于棼一到任,就视察风俗民情,治疗人民的疾病,政事则交给周弁和田子华处理,将郡中治理得井井有条。自从他到南柯郡以来二十多年,政治教化推行得很好,百姓们用歌谣唱他,为他树立了歌颂功德的石碑,在他生前就为他建了祠堂。国王很看重他,赏赐给他封地和爵位,地位相当于三公宰相。周弁和田子华也全都因为政事处理得井井有条而闻名,也接连被提升到更高的职位上。淳于棼有五个儿子、两个女儿,儿子因恩荫做官,女儿也嫁给了王族,荣耀显赫,一时达到了极繁盛的地步,当代没有谁能比得上。这一年,有个檀萝国,来侵犯南柯郡。国王让淳于棼训练将官和军队去征伐檀萝国,于是上表推荐让周弁率领军队三万人,在瑶台城抗击敌人。周弁刚烈勇敢,轻率冒进,他的部队吃了大败仗,周弁一人一骑光着身子逃走,到晚上才回到城里,敌人也收拾起军用物资回去了。淳于棼于是囚禁起周弁向皇上请罪,国王全都赦免了他们。这个月,司宪周弁背上疽病发作死了。淳于棼的妻子金枝公主也得了病,十多天后也去世了。淳于棼接着请求免去自己的太守职务,护送公主的灵柩回都城去,国王答应了他,就让司农田子华代理南柯太守的职务。淳于棼悲哀痛苦地护送灵柩启程,威严的仪仗队慢慢地走在路上,哭号的男女,陈设食品祭奠的百姓官吏,拉住车辕拦住道路极力挽留的人,多得数不过来,就这样回到了都城。国王和王后穿着没有花纹的衣服在郊外痛哭,等候着灵柩的到来,授给公主的谥号是"顺仪公主"。然后准备好华盖和乐队,把公主埋葬在国都东面十里的盘龙冈。这一月,已故司宪周弁的儿子周子荣护着灵柩回到国都。淳于棼长期镇守藩国,与满朝文武都相处得很好,权贵人家和豪门大族,没有不跟他相处得很融洽的。自从罢去郡职务回到国都,出外或在家没有一定的时间,而交往游历时跟随的宾客随从,也开始作威作福,并一天天地兴盛起来。国王心里已经有些疑忌和惧怕他了。这时国内有人上表说:"天象表现出谴责的征象,国家将有大灾祸,首都要搬迁,宗庙要崩坏,这灾祸将由外姓人引起,祸患将由内部发生。"当时的议论认为各种天象的出现是淳于棼奢侈得超越本分的反映,于是就撤销了淳于棼的卫士,禁止淳于棼随便游玩,软禁在家里。淳于棼依仗着自己多年来镇守南柯郡,一点也没有不良的政事,只因谣言而引起国王的怨恨和疏远,心里烦闷不快乐。国王也了解他的心思,因而命令淳于棼说:"我们成为亲戚二十多年,不幸小女儿短命离世,不能与你白头偕老,实在令人悲痛哀伤,所以王后留下外孙亲自养育他们。"又对淳于棼说:"你离家已经很久了,可以暂时回家乡去,看望一下亲戚族人,几个外孙留在这里,你也不要挂念他们,三年以后,我会让他们去迎接你回来。"淳于棼说:"这里就是我的家,怎么还要回家呢?"国王笑着说:"你本来在人世间,家不在这里。"淳于棼忽然觉得像是在昏睡,迷迷糊糊地,很长时间之后,才突然想起从前的事,于是流着眼泪请求回到人间,国王示意左右的人送淳于棼离开,淳于棼拜了两拜之后走了。此时又看见那两个紫衣使者跟从着,走到大门之外,看见乘坐的车子很破旧,左右支使的人和车夫仆人,一个人也没有,心里很感叹奇怪。淳于棼上车走了大约几里地,又走出一个大城门,很像是从前向东走,来大槐安国时的道路,山川和原野，仍然像从前一样。送他的两个使者，一点威严的气势也没有，淳于棼的心里更加不痛快。淳于棼问使者说："广陵郡什么时候能到？"两个使者自顾唱着小调，很久之后才回答说："不一会儿就到了。"不一会儿，走出一个洞穴，又看见自己家乡里巷，与从前没有什么两样，暗中悲伤起来，不觉流下泪来。两个使者领着淳于棼下车，进入他家的大门，登上自己家的台阶，看见自己的身体躺在堂屋东面的走廊里，淳于棼又惊又怕，不敢近前，两个使者于是大声呼叫淳于棼的姓名，叫了好几遍，淳于棼才突然醒悟，像以前一样。看见家里的僮仆，正拿着扫帚在庭前扫地，两个客人坐在床榻上洗脚，斜射的阳光还未从西墙上消失，东窗下没有喝完的酒还在那里地放着。梦中一会儿的时间，像是活了一辈子。淳于棼感慨思念叹气不已，就叫过两个客人把梦中的事说给他们了。他们也是又惊又怕，于是与淳于棼一起出去，寻找槐树下的洞穴。淳于棼指着说："这个就是我在梦中惊恐进去的地方。"两个客人以为是狐狸精和树妖作的怪，就让仆人拿来斧头，砍断树根，又砍去后来重生的树枝。周围大约一丈方圆，有个大洞穴，根部空空洞洞地看得清清楚楚，能容下一张床，上面有堆积的土，做成城郭台殿的样子。有好几斛蚂蚁，隐藏聚集在里面，中间有个小台，是红色的，两个大蚂蚁住在那里，白色的翅膀，红色的头，长大约三寸，周围有几十只大蚂蚁保护着他，其他蚂蚁不敢靠近。这就是他们的国王，这里也就是槐安国的国都。又挖掘了一个洞穴，直上南面的槐树枝大约四丈，曲折宛转，中间呈方形，也有用土堆成的城墙和小楼，一群蚂蚁也住在里面，这里就是淳于棼镇守的南柯郡。又一个洞穴，向西去二丈远，洞穴宽广空旷，土洞的形状很不一样，中间有一个腐烂了的乌龟壳，有斗那么大，在积雨的浸润下，小草丛生，繁盛茂密，遮蔽着古旧的乌龟壳，这里就是淳于棼打猎的灵龟山。又挖出一个洞穴，向东去一丈多，古老的树根盘旋弯曲着，像龙蛇一样，中间一个小土堆，高一尺多，这就是淳于棼埋葬妻子的盘龙冈上的坟墓。淳于棼回想起梦中的事情，心里十分感叹，亲自观看追寻迹象，和梦中全都符合。他不想让两个客人毁坏它们，马上让人们掩埋堵塞，像原来一样。这天晚上，风雨突然发作，早晨起来去看那洞穴，所有蚂蚁都失去踪迹，不知去了哪里。所以先前说国家将要有大灾难，都城要迁移，这就验证了。又想起檀萝国侵略的事，就请两个客人到外面去寻访踪迹，住宅东面一里，有条古老的干涸了的山涧，山涧边上有一株大檀树，藤萝纠缠交织，向上看不见太阳，旁边有个小洞穴，也有一群蚂蚁隐藏聚居在里面，檀萝国，难道不就是这里吗？唉，蚂蚁的神奇，尚且不能考究明白，更何况藏伏在山林之中那些大动物的变化呢？当时，淳于棼的酒友周弁和田子华，都居住在六合县，不和淳于棼来往已经十天了。淳于棼急忙派家童快去问候他们，周生得了暴病已经去世了，田子华也得病躺在床上。淳于棼感慨南柯一梦的飘渺空虚，从此不喝酒也不接近女人。三年以后，是丁丑年，他在家里死去，当时年龄是四十七岁，符合从前约定的期限。李公佐在贞元十八年秋天八月份时，从吴郡到洛阳，临时停泊在淮河岸边，偶然看见了淳于棼，就询问访求他遗留下来的事迹，再三反复地推敲，事情全都是从事实中摘取下来的，就编写抄录成传记，以供给好事者观览。虽然涉及的是神灵怪异的事情，为不经之谈，可是那些窃取官位而维持生活的人，希望这个故事能成为他的借鉴，后来的正人君子们，希望你们把南柯一梦当作是偶然的事，不要拿名利地位在人世间炫耀骄傲。以前的华州参军李肇赞叹说："官做到最高的等级，权力压倒了京城里所有的人，达观的人看待这样的事，跟聚集在一起的蚂蚁有什么区别。"

读后感悟

淳于棼生而入梦，梦而复醒，大梦一场，过眼云烟。人世富贵显达与南柯一梦有何异同？

蛮夷

四方蛮夷

原文诵读

东方之人鼻大,窍通于目,筋力属焉;南方之人口大,窍通于耳;西方之人面大,窍通于鼻;北方之人,窍通于阴,短;中央之人,窍通于口。(出《酉阳杂俎》)

译文

东方的人鼻子大,身体上的孔都跟眼睛相通,体力都归附到这里;南方的人嘴大,体窍都跟耳朵相通;西方的人脸大,体窍都跟鼻子相通;北方的人体窍都跟阴部相通,身体矮小;中部地区的人,体窍都跟口部相通。

读后感悟

古人交通不便,活动范围狭小,对于异域,或多想象,此言即此。

帝女子泽

原文诵读

帝女子泽性妒,有从婢散逐四山,无所依托。东偶狐狸,生子曰殃;南交猴,有子曰溪;北通玃猳(jué jiā),所育为伧。(出《酉阳杂俎》)

译文

上帝的女儿泽生性嫉妒,把陪嫁的婢女都赶走,让她们分散居住在四面的山里,没有依靠。住在东山的嫁给狐狸做了配偶,生的孩子叫殃;南山的跟猴子交合,生的孩子叫溪;北山的跟玃猳私通,生的孩子叫伧。

读后感悟

帝女泽生性嫉妒,惧怕丈夫宠幸婢女,故而驱散婢女离开,使其成为野人。

奇肱

原文诵读

奇肱国，其民善为机巧，以杀百禽。能为飞车，从风远行。汤时，西风久下，奇肱人车至于豫州界中。汤破其车，不以示民。后十年，东风复至，乃使乘车遣归。其国去玉门西万里。（出《博物志》）

译文

奇肱国的百姓擅长制作巧妙的机械，用来杀死各种禽鸟。还能制造飞车，随风飞到很远的地方。商汤时，一直刮西风，

所以奇肱的飞车飞到了豫州边界。商汤打落了他们的飞车，不把飞车给百姓看。过了十年后，东风又刮起来了，于是让他们乘着飞车归国了。他们的国家距离玉门西边有一万里。

读后感悟

奇肱国，又称鱼人国，夜郎国。《山海经》载：三身国在夏后启北，一首而三身。一臂国在其北，一臂、一目、一鼻孔。有黄马虎文，一目而一手。奇肱之国在其北。其人一臂三目，有阴有阳，乘文马。有鸟焉，两头，赤黄色，在其旁。

西北荒小人

原文诵读

西北荒中有小人长一寸，其君朱衣玄冠，乘辂车，马引，为威仪居处。人遇其乘车，抵而食之，其味辛。终年不为物所咋，并识万物名字。又杀腹中三虫，三虫死，便可食仙药也。（出《博物志》）

译文

西北大荒中有种小人,有一寸高,他们的国君身穿红衣,头戴黑帽,乘坐着马拉的大车,住处庄严。人类如果遇到乘车的小人国皇帝,把他抓住吃下去,味道很辛辣,以后就不怕任何东西了,并能识别各种东西的名字,还能杀死人肚子里的寄生虫,寄生虫死了,就可以服用仙药了。

读后感悟

《山海经》中对小人国亦有记载:周饶国在其东,其为人短小,冠带。一曰焦侥国在三首东。郭璞云:"其人长三尺,穴居,能为机巧,有五谷也。"

于阗

原文诵读

后魏,宋云使西域,行至于阗国。国王头著金冠,以鸡帻,头垂二尺生绢,广五寸,以为饰。威仪有鼓角金钲,弓

箭一具，戟二枚，槊五张。左右带刀，不过百人。其俗妇人袴衫束带，乘马驰走，与丈夫无异。死者以火焚烧，收骨葬之，上起浮图。居丧者剪发，长四寸，即就平常。唯王死不烧，置之棺中，远葬于野。（出《洛阳伽蓝记》）

译文

北魏时，宋云到西域出使，来到于阗国。国王头戴金冠，像鸡冠，冠上垂着二尺长的生绢，宽五寸，以此作为装饰。仪仗有皮鼓、号角、铜锣，一副弓箭、两把戟、五把槊。带刀的侍卫不超过一百人。他们的风俗，妇女像男人一样穿长裤和衣衫，腰间扎着带子，骑着马奔驰，和男子没有不同。死了的人用火焚烧，收起骨头埋葬，上面修造一座塔。守丧的人要剪去头发。等头发长出四寸，守丧就结束。只有国王去世不烧，装到棺材中，远远地埋在野外。

读后感悟

于阗为古国名，见载于《史记·大宛传》，其地即今之新疆和田。

南蛮

原文诵读

南道之酋豪多选鹅之细毛,夹以布帛,絮而为被,复纵横纳之,其温柔不下于挟纩也。俗云,鹅毛柔暖而性冷,偏宜覆婴儿,辟惊痫也。(出《岭表录异》)

译文

南方各道的酋长大多选择细细的鹅毛,夹在布帛中间,把它当作棉絮做成被子,再横竖缝几道,这种被子温暖柔软不亚于套了丝絮的被子。民间说,鹅毛柔软暖和而属于凉性,适合给小孩盖,可以使小孩避免受惊吓而得痫病。

读后感悟

此鹅毛被当与今之鸭绒被相似,古人善取百物而用之。

杂传记

李娃传

原文诵读

汧（qiān）国夫人李娃，长安之倡女也，节行瑰奇，有足称者。故监察御史白行简为传述。天宝中，有常州刺史荥阳公者，略其名氏，不书，时望甚崇，家徒甚殷。知命之年，有一子，始弱冠矣，隽朗有词藻，迥然不群，深为时辈推伏。其父爱而器之，曰："此吾家千里驹也。"应乡赋秀才举，将行，乃盛其服玩车马之饰，计其京师薪储之费。谓之曰："吾观尔之才，当一战而霸。今备二载之用，且丰尔之给，将为其志也。"生亦自负，视上第如指掌。自毗陵发，月余抵长安，居于布政里。尝游东市还，自平康东门入，将访友于西南。至鸣珂曲，见一宅，门庭不甚广，而室宇严邃，阖一扉。有娃方凭一双鬟青衣立，妖姿要妙，绝代未有。生忽见之，不觉停骖久之，徘徊不能去。乃诈坠鞭于地，候其从者，敕取之，累眄（miàn）于娃，娃回眸凝睇，情甚相慕，竟不敢措辞而去。生自尔意若有失，乃密征其友游长安之熟者以讯之。友曰："此狭邪女李氏宅也。"曰："娃可求乎？"对曰："李氏颇赡，前与通之者，多贵戚豪族，所得甚广，非累百万，不能动其志也。"生曰："苟患其不谐，虽百万，何惜！"他日，乃洁其衣服，盛宾从而往。扣其门，俄有侍儿启扃。生曰："此谁之第耶？"侍儿不答，驰走大呼曰：

"前时遗策郎也。"娃大悦曰:"尔姑止之,吾当整妆易服而出。"生闻之,私喜。乃引至萧墙间,见一姥垂白上偻,即娃母也。生跪拜前致词曰:"闻兹地有隙院,愿税以居,信乎?"姥曰:"惧其浅陋湫隘,不足以辱长者所处,安敢言直耶?"延生于迟宾之馆,馆宇甚丽。与生偶坐,因曰:"某有女娇小,技艺薄劣,欣见宾客,愿将见之。"乃命娃出,明眸皓腕,举步艳冶。生遂惊起,莫敢仰视。与之拜毕,叙寒燠(yù),触类妍媚,目所未睹。复坐,烹茶斟酒,器用甚洁。久之,日暮,鼓声四动。姥访其居远近。生绐之曰:"在延平门外数里。"冀其远而见留也。姥曰:"鼓已发矣,当速归,无犯禁。"生曰:"幸接欢笑,不知日之云夕。道里辽阔,城内又无亲戚,将若之何?"娃曰:"不见责僻陋,方将居之,宿何害焉。"生数目姥,姥曰:"唯唯。"生乃召其家僮,持双缣,请以备一宵之馔。娃笑而止之曰:"宾主之仪,且不然也。今夕之费,愿以贫窭(jù)之家,随其粗粝以进之。其余以俟他辰。"固辞,终不许。俄徙坐西堂,帷幕帘榻,焕然夺目;妆奁(lián)衾枕。亦皆侈丽。乃张烛进馔,品味甚盛。彻馔,姥起。生娃谈话方切,诙谐调笑,无所不至。生曰:"前偶过卿门,遇卿适在屏间。厥后心常勤念,虽寝与食,未尝或舍。"娃答曰:"我心亦如之。"生曰:"今之来,非直求居而已,愿偿平生之志。但未知命也若何。"言未终,姥至,询其故,具以告。姥笑曰:"男女之际,大欲存焉。情苟相得,虽父母之命,不能制也。女子固陋,曷足以荐君子之枕席!"生遂下阶,拜而谢之曰:"愿以己为厮养。"

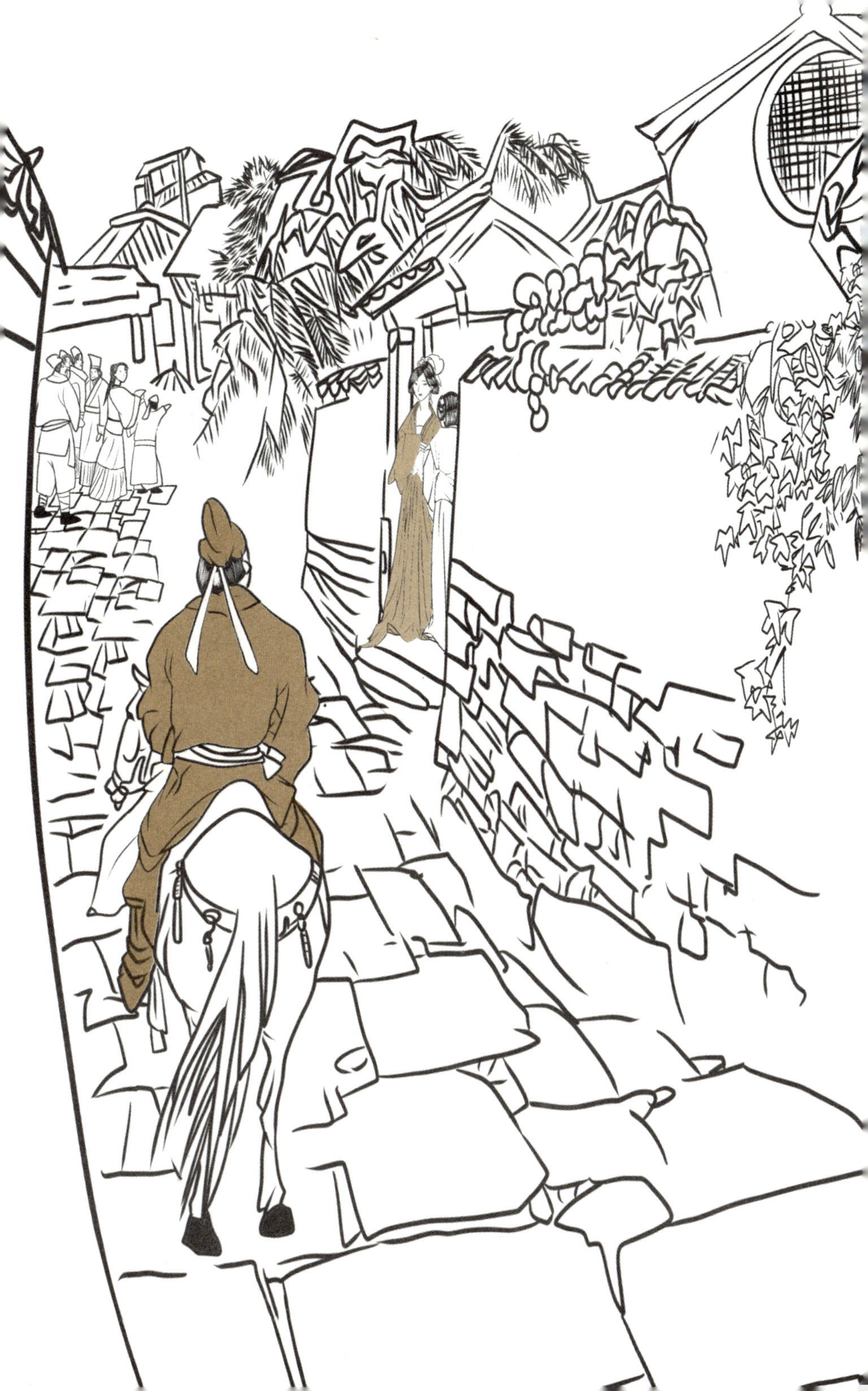

姥遂目之为郎，饮酣而散。及旦，尽徙其囊橐，因家于李之第。自是生屏迹戢身，不复与亲知相闻，日会倡优侪类，狎戏游宴。囊中尽空，乃鬻骏乘及其家僮。岁余，资财仆马荡然。迩来姥意渐怠，娃情弥笃。他日，娃谓生曰："与郎相知一年，尚无孕嗣。常闻竹林神者，报应如响，将致荐酹求之，可乎？"生不知其计，大喜。乃质衣于肆，以备牢醴，与娃同谒祠宇而祷祝焉，信宿而返。策驴而后，至里北门，娃谓生曰："此东转小曲中，某之姨宅也，将憩而觐之，可乎？"生如其言，前行不逾百步，果见一车门。窥其际，甚弘敞。其青衣自车后止之曰："至矣。"生下，适有一人出访曰："谁？"曰："李娃也。"乃入告。俄有一妪至，年可四十余，与生相迎曰："吾甥来否？"娃下车，妪逆访之曰："何久疏绝？"相视而笑。娃引生拜之，既见，遂偕入西戟门偏院。中有山亭，竹树葱茜，池榭幽绝。生谓娃曰："此姨之私第耶？"笑而不答，以他语对。俄献茶果，甚珍奇。食顷，有一人控大宛，汗流驰至曰："姥遇暴疾颇甚，殆不识人，宜速归。"娃谓姨曰："方寸乱矣，某骑而前去，当令返乘，便与郎偕来。"生拟随之，其姨与侍儿偶语，以手挥之，令生止于户外，曰："姥且殁矣，当与某议丧事，以济其急，奈何遽相随而去？"乃止，共计其凶仪斋祭之用。日晚，乘不至。姨言曰："无复命，何也？郎骤往觇之，某当继至。"生遂往，至旧宅，门扃(jiōng)钥甚密，以泥缄之。生大骇，诘其邻人。邻人曰："李本税此而居，约已周矣。第主自收，姥徙居而且再宿矣。"征徙何处，曰："不详其所。"生将驰赴宣阳，以诘其姨，日已晚矣，计程不能达。乃弛其装服，质馔而食，赁榻而寝，生恚怒方甚，自昏达旦，目不交睫。质明，乃策蹇而去。既至，连扣其扉，食顷无人应。生大呼数四，有宦者徐出。生遽访之："姨氏在乎？"曰："无之。"生曰："昨暮在此，何故匿之？"访其谁氏之第，曰："此崔高书宅。昨者有一人税此院，云迟中表之远至者，未暮去矣。"生惶惑发狂，罔知所措，因返访布政旧邸。邸主哀而进膳。生怨懑，绝食三日，遘疾甚笃，旬余愈甚。邸主惧其不起，徙之于凶肆之中。绵缀移时，合肆之人，共伤叹而互饲之。后稍愈，杖而能起。由是凶肆日假之，令执绋（suì）帷，获其直以自给。累月，渐复壮，每听其哀歌，自叹不及逝者，辄呜咽流涕，不能自止。归则效之。生聪敏者也，无何，曲尽其妙，虽长安无有伦比。初，二肆之佣凶器者，互争胜负。其东肆车舆皆奇丽，殆不敌。唯哀挽劣焉。其东肆长知生妙绝，乃醵（jù）钱二万索顾焉。其党耆旧，共较其所能者，阴教生新声，而相赞和。累旬，人莫知之。其二肆长相谓曰："我欲各阅所佣之器于天门街，以较优劣。不胜者，罚直五万，以备酒馔之用，可乎？"二肆许诺，乃邀立符契，署以保证，然后阅之。士女大和会，聚至数万。于是里胥告于贼曹，贼曹闻于京尹。四方之士，尽赴趋焉，巷无居人。自旦阅之，及亭午，历举辇舆威仪之具，西肆皆不胜，师有惭色。乃置层榻于南隅，有长髯者，拥铎而进，翊卫数人，于是奋髯扬眉，扼腕顿颡而登，乃歌《白马》之词。恃其夙胜，顾眄左右，旁若无人。齐声赞扬之，自以为独步一时，不可得而屈也。有顷，东肆长于北隅上设连榻，有乌巾少年，左右五六人，秉翣（shà）而至，即生也。整衣服，俯仰甚徐，申喉发调，容若不胜。乃歌《薤（xiè）露》之章，举声清越，响振林木。曲度未终，闻者歔欷掩泣。西肆长为众所诮，益惭耻，密置所输之直于前，乃潜遁焉。四座愕眙（chì），莫之测也。先是，天子方下诏，俾外方之牧，岁一至阙下，谓之入计。时也，适遇生之父在京师，与同列者易服章，窃往观焉。有老竖，即生乳母婿也，见生之举措辞气，将认之而未敢，乃泫然流涕。生父惊而诘之，因告曰："歌者之貌，酷似郎之亡子。"父曰："吾子以多财为盗所害，奚至是耶？"言讫，亦泣。及归，竖间驰往，访于同党曰："向歌者谁，若斯之妙欤？"皆曰："某氏之子。"征其名，且易之矣，竖凛然大惊。徐往，迫而察之。生见竖，色动回翔，将匿于众中。竖遂持其袂曰："岂非某乎？"相持而泣，遂载以归。至其室，父责曰："志行若此，污辱吾门，何施面目，复相见也？"乃徒行出，至曲江西杏园东，去其衣服。以马鞭鞭之数百。生不胜其苦而毙，父弃之而去。其师命相狎昵者，阴随之，归告同党，共加伤叹，令二人赍苇席瘗焉。至则心下微温，举之良久，气稍通。因共荷而归，以苇筒灌勺饮，经宿乃活。月余，手足不能自举，其楚挞之处皆溃烂，秽甚。同辈患之，一夕弃于道周。行路咸伤之，往往投其余食，得以充肠。十旬，方杖策而起。被布裘，裘有百结，褴褛如悬鹑。持一破瓯巡于闾里，以乞食为事。自秋徂冬，夜入于粪壤窟室，昼则周游廛（chán）肆。一旦大雪，生为冻馁所驱。冒雪而出,乞食之声甚苦,闻见者莫不凄恻。时雪方甚,人家外户多不发。至安邑东门,循里垣,北转第七八,有一门独启左扉,即娃之第也。生不知之,遂连声疾呼:"饥冻之甚。"音响凄切,所不忍听。娃自阁中闻之,谓侍儿曰:"此必生也,我辨其音矣。"连步而出。见生枯瘠疥疠,殆非人状。娃意感焉,乃谓曰:"岂非某郎也?"生愤懑绝倒,口不能言,颔颐而已。娃前抱其颈,以绣襦拥而归于西厢。失声长恸曰:"令子一朝及此,我之罪也。"绝而复苏。姥大骇奔至,曰:"何也?"娃曰:"某郎。"姥遽曰:"当逐之,奈何令至此。"娃敛容却睇曰:"不然,此良家子也,当昔驱高车,持金装,至某之室,不逾期而荡尽。且互设诡计,舍而逐之,殆非人行。令其失志,不得齿于人伦。父子之道,天性也。使其情绝,杀而弃之,又困踬若此。天下之人,尽知为某也。生亲戚满朝,一旦当权者熟察其本末,祸将及矣。况欺天负人,鬼神不祐,无自贻其殃也。某为姥子,迨今有二十岁矣。计其赀,不啻(chi)直千金。今姥年六十余,愿计二十年衣食之用以赎身,当与此子别卜所诣。所诣非遥,晨昏得以温清,某愿足矣。"姥度其志不可夺,因许之。给姥之余,有百金。北隅四五家,税一隙院。乃与生沐浴,易其衣服,为汤粥通其肠,次以酥乳润其脏。旬余,方荐水陆之馔。头巾履袜,皆取珍异者衣之。未数月,肌肤稍腴。卒岁,平愈如初。异时,娃谓生曰:"体已康矣,志已壮矣。渊思寂虑,默想曩(nǎng)昔之艺业,可温习乎?"生思之曰:"十得二三耳。"娃命车出游,生骑而从。

至旗亭南偏门鬻坟典之肆，令生拣而市之，计费百金，尽载以归。因令生斥弃百虑以志学，俾夜作昼，孜孜矻（kū）矻。娃常偶坐，宵分乃寐。伺其疲倦，即谕之缀诗赋。二岁而业大就，海内文籍，莫不该览。生谓娃曰："可策名试艺矣。"娃曰："未也，且令精熟，以俟百战。"更一年，曰："可行矣。"于是遂一上登甲科，声振礼闱。虽前辈见其文，罔不敛衽（rèn）敬羡，愿友之而不可得。娃曰："未也。今秀士苟获擢一科第，则自谓可以取中朝之显职，擅天下之美名。子行秽迹鄙，不侔于他士。当砻（lóng）淬利器，以求再捷，方可以连衡多士，争霸群英。"生由是益自勤苦，声价弥甚。其年遇大比，诏征四方之隽。生应直言极谏策科，名第一，授成都府参军。三事以降，皆其友也。将之官，娃谓生曰："今之复子本躯，某不相负也。愿以残年，归养老姥。君当结媛鼎族，以奉蒸尝。中外婚媾，无自黩也。勉思自爱，某从此去矣。"生泣曰："子若弃我，当自到以就死。"娃固辞不从，生勤请弥恳。娃曰："送子涉江，至于剑门，当令我回。"生许诺。月余，至剑门。未及发而除书至，生父由常州诏入，拜成都尹，兼剑南采访使。浃辰，父到。生因投刺，谒于邮亭。父不敢认，见其祖父官讳，方大惊，命登阶，抚背恸哭移时。曰："吾与尔父子如初。"因诘其由，具陈其本末。大奇之，诘娃安在。曰："送某至此，当令复还。"父曰："不可。"翌日，命驾与生先之成都，留娃于剑门，筑别馆以处之。明日，命媒氏通二姓之好，备六礼以迎之，遂如秦晋之偶。娃既备礼，岁时伏腊，妇道甚修，治家严整，极为亲所

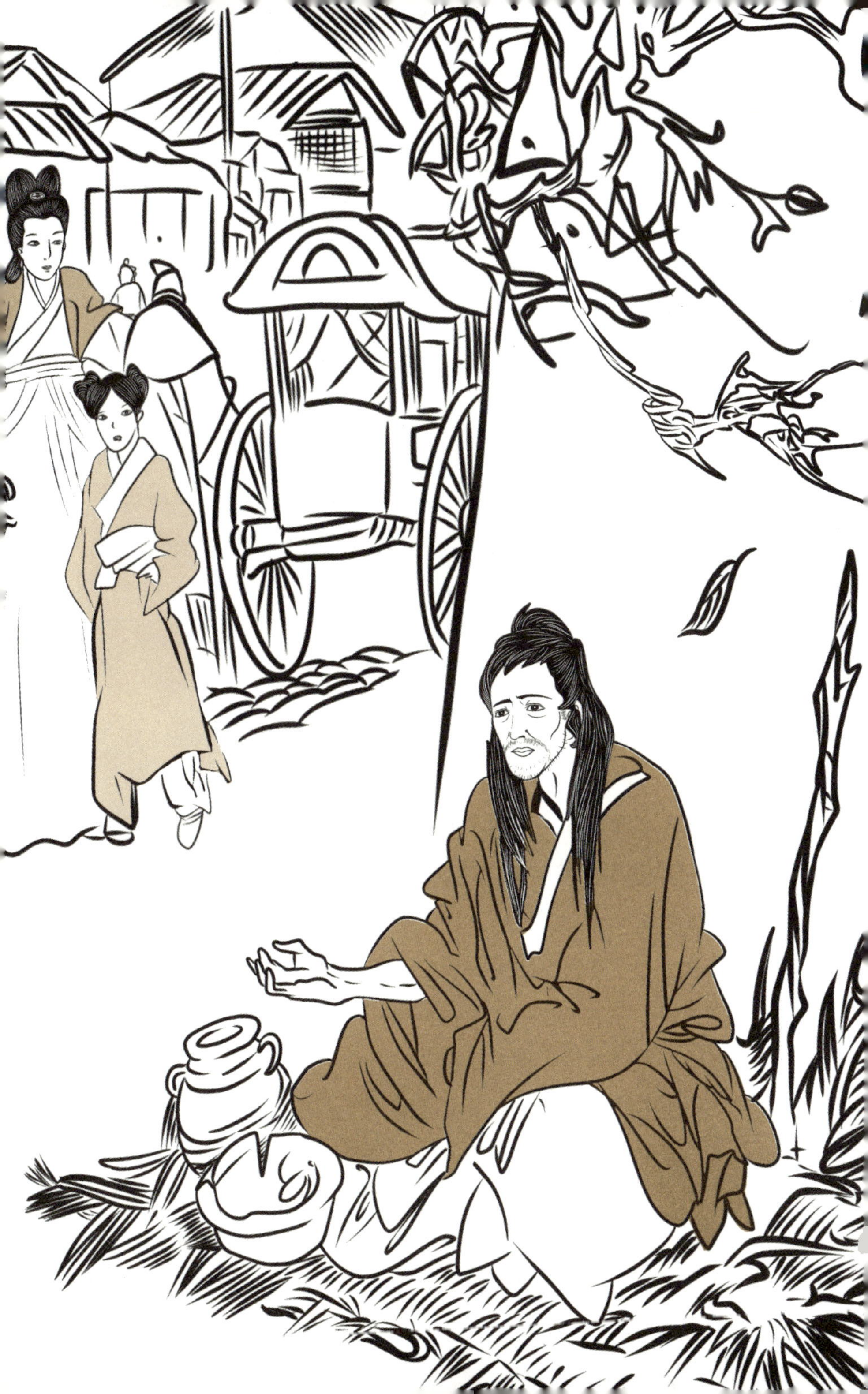

眷尚。后数岁,生父母偕殁,持孝甚至。有灵芝产于倚庐,一穗三秀,本道上闻。又有白燕数十,巢其层甍。天子异之,宠锡加等。终制,累迁清显之任。十年间,至数郡。娃封汧国夫人,有四子,皆为大官,其卑者犹为太原尹。弟兄姻媾皆甲门,内外隆盛,莫之与京。嗟乎,倡荡之姬,节行如是,虽古先烈女,不能逾也。焉得不为之叹息哉!予伯祖尝牧晋州,转户部,为水陆运使,三任皆与生为代,故谙详其事。贞元中,予与陇西公佐话妇人操烈之品格,因遂述汧国之事。公佐拊掌竦听,命予为传。乃握管濡翰,疏而存之。时乙亥岁秋八月,太原白行简云。(出《异闻录》)

译文

汧国夫人李娃,是长安的娼女,节操高洁,受到人们的称赞。先前的监察御史白行简为她作了传记。唐玄宗天宝年间,有位常州刺史荥阳公,这里略去他的姓名不写出来,当时的名望很高,家中的奴仆很多,五十岁时才有一个儿子,儿子长到二十岁时,俊秀聪明,文章也写得很好,跟一般人大不一样,当时的人都很称道佩服。他的父亲很喜欢他、器重他,说:"这是我们家的千里驹啊!"这位公子由州县选拔到京师应试,出发前家中让他穿上很考究的衣服,并带着很多车马,还算好了他在京城的日常生活用钱,父亲对他说:"我看你的才能,会一举考中,现在给你准备了两年的费用,并且一定充分地供给你,是为了使你实现志向。"这位公子也很自信,把考取功名看得像弹弹手指那样容易。公子从毗陵出发,一个多月到了长安,住在布政里。他曾去游览东市,回来时从平康东门进入,打算到京城西南去拜访朋友。到了鸣珂曲,看见有一座住宅,门和院子不太大,而房屋严密幽深。门只关了一扇,有一位少女,正把手放在一个梳着两个环形发髻的侍女的肩上,站在那里,姿态容貌非常漂亮,绝世未有。公子看见少女后,不自觉地让马停住,徘徊了半天也没有离开。于是假装马鞭掉到了地上,等待跟随的人来了,好让他拾起来。多次斜着眼看那位少女,那少女也回过头来凝视着公子,像对他也很爱慕。最后公子也没敢说什么话就离去了。从此,公子精神上好像失掉了什么,于是便偷偷地召来熟悉长安的朋友打听,朋友说:"那是妓女李氏的住宅。"公子又问:"这个少女,我可以追求她吗?"回答说:"这个姓李的比较富裕,前去跟她交往的,大多是贵戚和富豪。她的交际很广,如果不能达百万的钱,是不能使她动心的。"公子说:"我只担心事情不能成功,即使百万,又有什么舍不得的?"有一天,公子穿上干净的衣服,带着一大群侍从去了。派人前去敲门。不一会儿,有一个侍女出来开门。公子说:"这是谁家的府第呀?"侍女不回答,一边往回跑一边喊:"是前些日子马鞭子落到地上的那位公子来了!"李娃大喜,说:"你暂且留住他,我得打扮一下,换换衣服再出去。"公子听到这话,暗暗高兴。侍女于是把公子带到影壁墙前,就看见一位白头发的驼背老妇,这就是李娃的母亲。书生走上前跪下拜见说:"听说这儿有空闲的房子,我希望租来居住,不知是不是真的?"老妇说:"那房子只怕简陋低洼窄小,不足以委屈贵客居住,哪里敢提租赁的事。"便把公子引入客厅,客厅的房屋很华丽。老妇与书生一起坐下,说道:"我有个娇小的女儿,技艺水平不高,看到客来很高兴,希望让她出来见一见你。"说罢就让李娃出来了。只见李娃眼睛明亮,手腕白皙,行步娇美,公子立刻吃惊地站了起来,不敢抬眼看。拜见之后,谈了些天气冷暖的话,公子看李娃的一举一动都觉得妩媚动人,是自己从来没见过的。公子又重新坐下后,李娃就煮茶斟酒,所用的器具都很干净。过了很久,天渐渐黑了,更鼓声四起。老妇询问书生住处的远近,公子骗她说:"我住在延平门外好几里的地方。"公子是故意说路远,希望能被李娃留宿。老妇人说:"更鼓已敲过了,公子该赶快回去了,不要触犯了禁夜法令。"公子说:"今天能侥幸相见很高兴,竟然不觉天已经很晚了。但我的路途太远,城内又没有亲戚,该怎么办呢?"李娃说:"如果不嫌弃屋子狭小简陋,正想让你在这里住,住一宿又有什么关系呢?"书生几次用眼睛看老妇人,老妇人说:"好吧。"书生就召来家童,拿着两匹绢,请求以此来充当一顿晚饭的费用。李娃笑着阻止说:"这样是不合宾主之礼的,怎么能让你破费呢。今晚费用由我出,希望以贫穷之家的情况,供给你一顿粗糙的饭菜,其余的等以后再说吧。"李娃坚决推辞,最后也没把公子的绢收下。不一会儿,请公子到西屋坐下,只见帷幕帘子床帐,都十分光彩艳丽,梳妆台、枕头、被子,也都十分豪华漂亮。于是点上蜡烛,端来了饭菜,菜肴的品种味道丰盛鲜美。吃完饭后,老妇人站起来走开了,公子与李娃的谈话才亲切起来,幽默风趣,互相逗笑,没有什么不涉及的。公子说:"前些时,偶尔经过您的门口,看到您正在门前影壁旁,从那以后我心中常常想念,即使睡觉和吃饭的时候,也不曾有片刻忘记。"李娃回答说:"我的心也像你那样。"公子说:"这次我来,并非只求住几天,而是想实现我平生的愿望。只不知我的命运如何?"话还没说完,老妇人来了,问公子说那话的意思。公子就把自己的心事全告诉了老妇人。老妇人笑着说:"男女之间,愿意相亲相爱的心愿是自然而然的,感情如果合得来,即使是父母的命令,也阻止不了。我这女孩本来丑陋,怎么配给公子做媳妇呢?"公子于是走下台阶,深深拜着感谢她说:"如蒙答应,即使让我做您家的仆役也可以。"老妇人于是就把公子看作女婿,酒喝得很尽兴后才结束。等到第二天早晨,公子把自己的行李物品全搬了来,就住进了李娃的宅子里。从此,公子敛迹藏身,不再跟亲属朋友来往,每天跟唱歌的、演戏的聚在一起,亲近、戏耍、游览饮宴,不久就把口袋里的钱花光了,于是只好卖了车马和家僮。只一年多,钱财仆人和马匹全都没有了。于是老妇的态度渐渐就有些怠慢,而李娃的情意却更加深厚。有一天,李娃对公子说:"与你相交一年了,还没有怀孕,常听说竹林神有求必应,很是灵验。我要送上酒食祭祀,向神祈求,可以吗?"公子不知道她的计谋,因而非常高兴。于是他拿衣服到当铺当了,去准备牛、猪、羊三牲和甜酒等祭品。备好祭品后就跟李娃一起到供奉神的庙里向神祈祷,住了一宿才往回走,公子骑着驴走在后边。到了里弄的北门,李娃对公子说:"从这儿向东拐,有个小胡同,是我

姨家的住宅，打算到那里稍稍休息一会儿，去拜见我姨娘，可以吗？"公子同意了。往前走了不到一百步，果然看见一个院门。向里面张望了一下，很宽敞。那丫环从车后说："到了。"公子下了驴，恰好有一人出来问道："谁？"回答说："李娃。"于是进去禀报。不一会儿，一个女人出来了，她年龄约四十多岁，跟公子相迎，说："我外甥女来了吗？"李娃下车，那女人迎着问："怎么这么长时间不来了呢？"互相看着笑。李娃引导公子拜见那女人。见过后，就一块进入西边的门内偏院里。院中有山有亭，竹子和其他树木长得很茂盛，池塘边的房子都很幽静。公子对李娃说："这是你姨母的私人住宅吗？"李娃只笑不回答，用别的话搪塞过去。不一会儿，献上茶与水果，很是珍贵奇特。有一顿饭的工夫，忽然有一个人骑着一匹大宛马，汗流满面地跑来了，说："老太太突然患了重病，几乎连人都不认识了，请姑娘赶快回去。"李娃对她姨母说："我的心都乱了，我骑马先回去，然后让马再返回来，你就跟他一块来吧。"公子打算跟李娃一起走，李娃的姨母与侍女两人私语了一阵儿，挥手示意，让公子停在门外，说："老太太就要死了，你应该和我一起商量一下丧事，好处理这个紧急情况，为什么要立刻跟着去？"公子便留下了，与姨母一起计算举行丧礼的祭奠费用。天已黄昏，骑马的仆人并没来。那位姨母说："到现在还没有回信儿，怎么回事？你赶快去看看她！我会随后赶到。"公子于是就走了。他赶到李娃原来的住宅，一看，门锁得很严实，还用泥印封上了，心里很震惊，询问那里的邻人。邻居说："李娃本来是租住在这里的，租约已经到期，房主收回了房子。老妇迁居了,已走了两宿了。"询问搬到了何处,说:"不清楚她的新住处。"公子想要赶快跑到宣阳去问问李娃的姨母,到底怎么回事。但天色已晚,计算了一下路程到不了,就脱下衣服作抵押,弄了点饭吃,又租了张床睡觉。公子非常气愤,一宿没合眼,等到天刚亮就骑着跛脚的驴赶往宣阳。到了之后,连连敲门,敲了一顿饭工夫也没有人答应。公子高声大喊了半天,有一个官员慢慢走出来。公子急忙上前问他:"李娃的姨母住在这里吗?"回答说:"没有。"公子说:"昨天黄昏时还在这里,为什么藏起来了呢?"又问这房子是谁家的住宅,回答说:"这是崔尚书的住宅。昨天有一个人租了这所房子,说用来等待远来的中表亲戚,但还没到黄昏就走了。"公子惊慌困惑得快要疯了,不知道怎么办才好,于是又返回布政里原来住的地方。主人因为同情他而给他饭吃。公子由于怨恨愤怒,三天未进饭食,因而得了很重的病,十多天以后,病情更厉害了,房主人害怕他一病不起,就把他搬到了殡仪铺中。然而公子的病情一直不见好转,全铺的人都为他伤心、叹息,轮流着喂他。后来稍微好了些,拄着棍子能起来了。从此,殡仪铺每天都雇用他,让他牵引灵帐,得点报酬以便养活自己。经过了几个月,公子渐渐健壮起来,每听到殡仪铺里那哀悼亡人的歌,就自己叹息,觉得还不如那些死去的人。于是便低声哭泣流泪,自己也控制不住自己。每次送灵回来后,就模仿那哀歌。公子本是聪明伶俐的人,所以不长时间,就掌握了唱哀歌的全部技巧,即使整个长安也没有人比得过他。当初,有两个殡仪铺中出租丧葬所用的器物,二位店主互争胜负。那东铺的

纸扎车马都十分新奇华丽,几乎无人能跟他们相比,只有出殡时歌手的挽歌唱得很低劣。那东铺的店主知道公子唱挽歌极好,就凑了两万钱要雇他。公子同伙中唱挽歌的老手,偷偷地教给他新曲,而且辅导他练了十几天,没有谁知道这事。那两个殡仪铺的店主都向对方说:"我想我们各把自己出租的器物陈列在天门街,以便比一下谁优谁劣。不能取胜的,罚钱五万,以便用它作酒饭的费用。可以吗?"两个店主都同意了。于是邀来人立下了契约,写上了保人,然后就把器物都陈列出来。城里的男男女女闻讯后都来看热闹,聚集了好几万人。看到这种情况,管街道的里胥报告了管治安的贼曹,贼曹报告了京都的执政官京兆尹。这天一大早,四面八方的人全都赶来了,小巷里的居民也全都出来了。两个铺子从早晨开始陈列治丧等祭器,一直到正午,依次摆出了纸辇、车舆、纸制仪仗等东西,西铺都比不过,他们的店主脸上很不光彩。接着西铺在东南墙角安放了一个高榻,有位留胡子的人拿着铃铛上场,有好几个人簇拥着他。他扬起胡须,抬起眉毛,握着腕子点了点头登上高榻,唱了一支名叫《白马》的挽歌。他依仗平素的名望,边唱边左顾右盼,旁若无人。唱完后,看客齐声赞扬。他自己也认为唱得技艺高超,谁也比不了。这时只见东铺店主也在北墙角安放了几个相连的高榻,一位戴黑孝巾的少年手拿着棺材上的饰物,在五六个人簇拥下上了场,他就是那公子。只见他坦然地整了整衣服,从容地扬了扬头,先是辗转歌喉唱了起来,看表情好像由于悲痛而唱不成声似的。公子唱的挽歌名叫《薤露》,越唱越高昂,歌声震动了树林,一曲还没唱完,看客们就都被感动得深深叹息,有的还掩面痛哭起来。大家都讥讽西铺唱得拙劣,西铺店主更感到难堪了。暗地把所输的钱放在前面,偷偷地逃走了。四周座位上的人都惊诧发愣,谁也没有料到会有这个结果。在此以前,皇帝下过诏书,让京城以外各州郡的长官每年来京城一次,称之为"入计"。当时,恰好遇上公子的父亲在京城,与同僚换上便服,也偷偷地到那里去看。有个老仆人,就是公子的奶妈的丈夫,看见那唱挽歌的人,举止语气很像失去的公子,想去认他又不敢,便禁不住掉下泪来。公子的父亲吃惊地问他,他说:"唱歌的那个人,相貌举止都非常像您死去的儿子。"公子的父亲说:"我的儿子因为财物多而被强盗杀害,怎么会到这里来呢?"说完,也哭了起来。等到回去后,老仆人找了个机会赶快跑到殡仪铺,向唱歌的一伙询问说:"前些时候唱歌的那人是谁,他唱得真太好了!"都说是某姓人的儿子。又问他的名,说已经改了。老仆人非常吃惊,慢慢走过去,靠近了细看。这时公子看见了老仆人,脸色突变,立即转身,想藏入人群中。老仆人于是扯住他的袖子说:"难道你不是公子吗?"拉着他的手就哭了起来,便用车把他载着回来了。到了房间里,他父亲责备他说:"你的志向和行为堕落到了这个地步,玷污了我们的家族,有什么面目再相见呢!"于是让公子步行走出去,到了曲江西杏园的东面,剥掉了公子的衣服,用马鞭抽打了几百鞭,公子承受不了那种痛苦,昏死过去。他的父亲丢下他就走了。公子的师傅一开始就派人暗中跟着他们,事后回去告诉了同伙的人,于是都伤心叹息,然后让两个人带着苇席去准备把他埋了。到

了那里，一摸书生的心口还稍有点温暖，便把他抬了起来，好久，才渐渐有了点气息，于是大家一起把他抬了回去。大伙用芦苇管儿给他灌水，用勺喂水，经过一夜才活过来。一个多月后，公子的手脚仍不能动，那被鞭打过的地方都感染化脓，脏得厉害。同在一起的那些人都很厌恶他，就在一天晚上把他扔到了道边上。过路的人看到了这情形都感到悲哀，常常扔给他一点剩余的食物，这才使他能填饱肚子。过了十天，公子才能拄着棍子站起来。他穿的布衣服像僧人的百衲衣一样，都是补丁，破烂不堪得像秃尾巴的鹌鹑一样。他拿着一个小破盆在居民家挨户乞讨，从秋天到冬天，夜晚就宿在脏土洞穴里，白天就周游于闹市中。有一天早晨下大雪，公子被冻饿逼迫，只得顶着雪出去讨饭。那乞讨的声音很凄苦，听到、看到的人都感到很伤心。当时雪下得正大，住户的门大多不开。公子到了安邑东门，顺着里弄的墙根走，向北转过了七八家，有一家只开着左扇门，这就是李娃的住宅。但是公子不知道，就连连大声呼喊，由于冻饿交加，叫声凄凉悲哀，令人不忍心听。李娃从阁楼里听到了，对侍女说："这一定是那个公子，我听出他的声音了。"她快步走了出来，只见书生干枯瘦弱，满身疥疮，几乎不像人样。李娃心里很受触动，于是对他说："这不是郎君吗？"公子一听，悲愤交加，昏倒在地，说不出话来，只是微微点头而已。李娃走过去，抱着他的脖子，用绣花袄拥着他到了西厢房，不禁大声痛哭，说："使你落到这个地步，是我的罪过啊！"哭得昏过去半天才苏醒过来。老妇人异常吃惊，急忙跑了过来，说："怎么回事？"李娃说："是某郎君。"老妇人马上说:"应当赶走他,为什么叫他来这里?"李娃脸色一沉,回过头来斜看着老妇人说:"不能这样。他本来是清白人家的子弟,当初驾着高高的马车,带着贵重的行装,到了我们家,没超过一年就全部用光。我们又合谋施展诡计,抛弃赶走了他,这不是人应该做的。我们使他失去志向,被人们所不齿。父子之间的感情,本是人性天伦,却使他们断绝了骨肉情义,他父亲甚至要杀死他并丢弃了他。如今公子困顿倒垂到这种状况,天下的人都知道是因为我造成的。公子的亲戚在朝廷中做官的很多,一旦掌权的亲戚仔细查明了这件事的来龙去脉,灾祸就要临头了。况且欺骗上天辜负人心,鬼神也不会保佑的,还是不要给自己找祸吧。我作为您的孩子,到现在已有二十年了,花费的钱财,不止千金。现今您老已六十多了,我希望计算一下二十年来我在衣食方面所用的钱,把它还给您为自己赎身。我打算与这个人另找住处,所去的地方不远,早晨晚上还可以来尽孝道,这样我的愿望就满足了。"老妇人估计她的志向是不能改变了,便答应了她。李娃把钱给老妇人后,还剩有百金。向北过了四五家,在那儿租了一所空房。于是给公子洗了澡,换下脏衣服,做热粥给公子喝,以便使他肠胃通畅;然后又让他吃乳酪,以便滋润他的内脏,经过十多天,才让他吃些美味佳肴。公子穿戴的头巾鞋袜,也都选用珍贵时新的式样。不到几个月,公子的肌肉皮肤渐渐丰满,到年底,就完全痊愈复原,又像当初那样了。有一天,李娃对公子说:"你的身体已经康复了,志向也该恢复了,你好好想一想,默默地回忆一下从前的功课学业,还可以温习一下吗?"公子想了一会儿,说："十分还剩二三分。"李娃叫人套车出去，公子骑着马跟着。到了旗亭南边的边门卖经籍的铺子里，让公子从中选购了一些，计算用费共需一百金。买好后，把书全装到车上运了回来。于是叫公子排除各种杂念，专心致志地学习，让他把夜晚当作白天，勤奋刻苦地读书，李娃经常陪坐着，半夜才睡觉。等到他疲倦时，就叫他吟诗作赋。只两年的时间，公子在学业上有了很大的成就。海内的文章书籍，全部都看完了。公子对李娃说："现在我可以报名应试了。"李娃说："不到时候，学问必须又精又熟，才能百战百胜。"又过了一年，李娃说："现在可以去了。"于是公子一上考场，就考中了甲科，连礼部的考官们都十分震动。即使是前辈看了他的文章，也无不肃然表示敬仰羡慕，希望跟他交朋友，可却找不到机会。李娃说："你现在还不行，当今德才突出的人，一旦考中以后，就自认为可以取得朝中显耀的职务，占有天下的美名。而你过去的行为有污点，品德也不超群，比不上别的读书人，应当继续磨砺锋利的武器，以便取得第二次的胜利。那时你才可以结交很多文人，在群英中取得第一名。"公子从此更加勤奋刻苦，声望也越来越高。那一年正碰上三年一次的全国大考，皇帝下诏招收四方的杰出人才，公子选试了"直言极谏科"。考试对策名列第一，被授予成都府参军的职务。三公以下的官，都成了他的朋友。将去上任时，李娃对公子说："现在你已经恢复了自己原来的身份，我没有对不起你的地方了。我希望用我剩下的岁月，回去奉养老母亲。你应当跟一个名门贵族的女子结婚，以便主持冬秋的祭祀。像你这样在朝中做官的人，和我结婚是会玷污你的身份的。望你自珍自爱，我从现在起就要离开你了。"公子哭着说："你如果丢下我，我就自刎而死。"李娃坚决推辞，不答应公子的要求。公子再三请求，态度愈加诚恳。李娃说："现在我送你过长江，到了四川剑门以后，就得让我回来。"公子答应了。去了一个多月，到达了剑门。还没等出发，调动官职的文书就送到了。公子的父亲也由常州奉皇命入川，被授予成都府尹，兼任剑南采访使。十二天后，公子父亲也到达剑门。公子于是送上名片，到驿站见府尹。父亲不敢认，看到名片上公子祖父和父亲的官名和名字，才大吃一惊，叫公子走上台阶，抚摸着他的背痛哭多时，说："我和你的父子关系还像过去一样。"于是询问儿子的经历，公子就把自己的遭遇全部叙述了一遍。公子的父亲非常吃惊，就问李娃在什么地方。公子说："她送我到此地，就回去了。"父亲说："绝不可以。"第二天，命令准备车辆，父子一起先到了成都，把李娃留在剑门，单修了一座房子，让李娃住在里面。第二天，让媒人去说亲，按照结婚的全部礼仪去剑门迎娶，二人从此正式结为夫妻。婚后，逢年过节，那些做妻子和儿媳应做的事，李娃都做得非常周到。管理家务严格有条理，非常受公婆的宠爱夸奖。过了几年以后，公子的父母都去世了，两人极尽孝道。不久，在守孝的草屋边长出了灵芝，一个穗上开出三朵花，于是剑南道的长官把这事上报了皇帝。又有白燕数十只在他们住的楼房的屋脊上做窝。天子对此感到惊奇，格外地给予赏赐嘉奖。服丧期满，公子屡次升任显赫高贵的官职。十年当中，到几个郡做过官，李娃被封为汧国夫人。他们有四个儿子，都做了大官，官职最低的也做到了太原府府尹。弟兄们的姻亲都是名门大族，自家和亲属都兴盛发达，没有哪一家能比得上。唉！一个行为放荡的娼妓，节操行为竟能达到这种程度，即使是古代的烈女，也不能超过，怎么能不为她感慨呢？我的伯祖曾任晋州牧，后转户部，做水陆运使，三任都与那位公子做过职务上的交接，所以熟悉这些事。贞元年间，我与陇西的李公佐，谈论妇女的操守品德，于是便叙述了汧国夫人的事。李公佐听完后，不住地拍手赞叹，让我为李娃作传。我于是拿起笔来蘸上墨汁，详细地写出来以便保存下来。时间是乙亥岁秋天八月份。太原白行简记。

读后感悟

有唐一代承继六朝余绪，门第高者与低者绝不通婚姻。郑生与李娃，一为名门之后，一为浪荡娼妓，历经艰难曲折最终结合，使现实中很难跨越之等级障碍得以实现，亦有其进步意义。

柳氏传（许尧佐撰）

原文诵读

天宝中，昌黎韩翃有诗名，性颇落托，羁滞贫甚。有李生者，与翃友善。家累千金，负气爱才。其幸姬曰柳氏，艳绝一时，喜谈谑，善讴咏。李生居之别第，与翃为宴歌之地，而馆翃于其侧。翃素知名，其所候问，皆当时之彦。柳氏自门窥之，谓其侍者曰："韩夫子岂长贫贱者乎？"遂属意焉。李生素重翃，无所吝惜，后知其意，乃具膳请翃饮。酒酣，李生曰："柳夫人容色非常，韩秀才文章特异，欲以柳荐枕于韩君，可乎？"翃惊栗避席曰："蒙君之恩，解衣辍食久之，岂宜夺所爱乎？"李坚请之，柳氏知其意诚，乃再拜，引衣接席。李坐翃于客位，引满极欢。李生又以资三十万，佐翃之费。翃仰柳氏之色，柳氏慕翃之才，两情皆获，喜可知也。明年，礼部侍郎杨度擢翃上第。屏居间岁，柳氏谓翃曰："荣名及亲，昔人所尚，岂宜以濯浣之贱，稽采兰之美乎？且用器资物，足以待君之来也。"翃于是省家于清池。岁余，乏食，鬻妆具以自给。天宝末，盗覆二京，士女奔骇。柳氏以艳独异，且惧不免，乃剪发毁形，寄迹法灵寺。是时侯希逸自平卢节度淄青，素藉翃名，请为书记。洎宣皇帝以神武返正，翃乃遣使间行，求柳氏。以练囊盛麸金，题之曰："章台柳，章台柳，昔日青青今在否？纵使长条似旧垂，亦应攀折他人手。"柳氏捧金呜咽，左右凄悯。答之曰："杨柳枝，芳菲节，所恨年年赠离别。一叶随风忽报秋，纵使君来岂堪折。"无何，有蕃将沙吒利者，初立功，窃知柳氏之色，劫以归第，宠之专房。及希逸除左仆射入觐，翊得从行，至京师，已失柳氏所止，叹想不已。偶于龙首冈，见苍头以驳牛驾辎䡈（zī píng），从两女奴。翊偶随之，自车中问曰："得非韩员外乎？某乃柳氏也。"使女奴窃言失身沙吒利。阻同车者，请诘旦幸相待于道政里门。及期而往，以轻素结玉合，实以香膏，自车中授之，曰："当遂永诀，愿置诚念。"乃回车，以手挥之，轻袖摇摇，香车辚辚，目断意迷，失于惊尘。翊大不胜情。会淄青诸将合乐酒楼，使人请翊，翊强应之，然意色皆丧，音韵凄咽。有虞候许俊者，以材力自负，抚剑言曰："必有故，愿一效用。"翊不得已，具以告之。俊曰："请足下数字，当立致之。"乃衣缦胡，佩双鞭，从一骑，径造沙吒利之第。候其出行里余，乃被衽执辔，犯关排闼，急趋而呼曰："将军中恶，使召夫人。"仆侍辟易，无敢仰视。遂升堂，

出翊札示柳氏，挟之跨鞍马。逸尘断鞅，倏忽乃至，引裾而前曰："幸不辱命。"四座惊叹。柳氏与翊，执手涕泣，相与罢酒。是时沙吒利恩宠殊等。翊、俊惧祸，乃诣希逸。希逸大惊曰："吾平生所为事，俊乃能尔乎？"遂献状曰："检校尚书金部员外郎兼御史韩翊久列参佐，累彰勋效。顷从乡赋。有妾柳氏阻绝凶寇，依止名尼。今文明抚运，遐迩率化。将军沙吒利凶恣挠法，凭恃微功，驱有志之妾，干无为之政。臣部将兼御史中丞许俊，族本幽蓟，雄心勇决，却夺柳氏，归于韩翊。义切中抱，虽昭感激之诚；事不先闻，固乏训齐之令。"寻有诏："柳氏宜还韩翊，沙吒利赐钱二百万。"柳氏归翊。翊后累迁至中书舍人。然即柳氏志防闲而不克者，许俊慕感激而不达者也。向使柳氏以色选，则当熊辞辇之诚可继；许俊以才举，则曹柯渑池之功可建。夫事由迹彰，功待事立。

惜郁堙不偶，义勇徒激，皆不入于正。斯岂变之正乎？

盖所遇然也。

译文

唐代天宝年间,昌黎人韩翃以写诗闻名,他性格放荡,怀才不遇,非常贫困。有一位李生,和韩翃很友善。他家里集聚千金,气盛自负,喜欢有才华的人。李生有个喜欢的姬妾叫柳氏,她的美丽在当时无人能赶上,柳氏喜欢说笑,善于唱歌。李生安排她住在另一座宅院,这是李生和韩翃宴会唱歌的地方,李生就安排韩翃住在这座宅院的旁边。韩翃向来有名气,那些来问候他的人,都是当时的俊才。柳氏从门缝偷看他,对她的侍女说:"韩先生哪会是长久贫贱之人呢?"于是对他有了爱慕之意。李生一向看重韩翃,对韩翃没有什么舍不得的,后来知道了柳氏的心意,便备好了饭菜请韩翃喝酒。酒酣之际,李生说:"柳氏容貌不一般,韩秀才您的文章特为突出,我打算让她侍候您就寝,可以吗?"韩翃惊讶战栗,当即离开座位说:"承蒙您的恩赐,长期以来供给衣食,我怎么还能夺去你所喜欢的人呢?"李生坚持请求把柳氏送给韩翃。柳氏知道李生心意诚恳,就拜了两拜,提起衣服挨着韩翃坐了下来。李生让韩翃坐在客位,满饮一杯,极为高兴。李生又拿出三十万钱的财物,帮助作为韩翃的用度。韩翃喜爱柳氏的美貌,柳氏美慕韩翃的文才,两人的心思都实现了,那种喜悦可以想象。第二年,礼部侍郎杨度选拔韩翃上等及第。韩翃在家闲居了一年。柳氏对韩翃说:"荣誉和名声可以光宗耀祖,这也是前人所追求的,你怎么能为了我这个浣洗衣服的人,而耽误你美好的前程呢？再说用具财物，也足够等到您回来。"韩翃于是到清池的家去探望父母。过了一年多，柳氏缺少食物，就卖掉化妆用品以自给。天宝末年，安禄山攻陷了两京，百姓惊恐奔走。柳氏因为长得漂亮，特别显眼，害怕不能免除祸患，便剪去头发毁坏容貌，寄居在法灵寺。这时侯希逸以平卢节度使的名义统辖淄青，一向仰慕韩翃的声名，就请他去做了记室官。等到肃宗皇帝凭着神明英武拨乱反正后，韩翃才派人暗地行动，寻找柳氏。他用丝绸做个袋子，装着碎金，在袋上写道："章台柳，章台柳，昔日青青今在否？纵使长条似旧垂，亦应攀折他人手。"柳氏捧着金袋子吞声哭泣，身边的人都感到凄凉悲悯。柳氏题词答复说："杨柳枝，芳菲节，所恨年年赠离别。一叶随风忽报秋，纵使君来岂堪折？"不久，有一个沙吒利的蕃族将领，刚刚立了战功，私下里知道了柳氏姿色非凡，就把她抢到了家里，并把宠爱全部加到了她一人身上。等到希逸被授官左仆射入朝见皇帝时，韩翃得以随行，到了京城，他已经找不到柳氏的住处，不停地感叹想念。偶然在龙首冈看见一个仆役用杂色牛驾着一辆带帷幕的车子，车子后面还跟着两个女仆。韩翃便与车并行，忽然车中有人问："难道是韩员外吗？我是柳氏啊。"就让女仆偷偷告诉韩翃，自己失身于沙吒利。碍于同车有人，不便交谈，请求韩翃明天早晨一定要在道政里门等她。韩翃如期前往，柳氏用薄绸子系着玉盒，玉盒中装着香膏，从车中交给韩翃，说："该永别了，愿你留下它做个纪念。"于是掉转车头，挥着手告别，她的衣袖轻轻地飘动着，香车发出辚辚的声音离开。韩翃目送香车远车，直到看不见时，心中茫然

一片，仿佛一切都在飞扬的尘土中消失了。韩翃实在承受不了这种深深的离情。当时，正赶上淄青的各位将领要在酒楼上聚会取乐，派人请韩翃，韩翃勉强答应了，然而神色颓丧，声音哽咽。有个叫许俊的虞侯，凭着才能、力气非常自负，他拍着剑说："这里面一定有原因，我愿意为您效一次力。"韩翃迫不得已，就把情况全都告诉了他。许俊说："请您写几个字，我会立刻把她带来。"许俊于是穿上军服，佩带上双弓，让一个骑兵跟着，直接来到沙吒利的住宅。等沙吒利走出门离家一里多路时，就披着衣服，拉着马缰绳，推门而入，急匆匆地边走边喊道："将军得了急病，让我来请夫人！"仆人侍女都惊得连连后退，没有敢抬头看的。于是许俊登上堂屋，拿出韩翃的书信交给柳氏看，然后挟着柳氏跨上了鞍马。马在飞扬的尘土中奔跑，连马脖子上的带子都跑断了，不一会儿就到了韩翃处。许俊整理衣襟，走上前去，说："我所幸不辱使命。"在座的人吃惊叹息。柳氏与韩翃手拉手哭泣不止，人们停止饮宴。当时沙吒利受到皇帝特殊的宠幸。许俊、韩翃害怕会有灾祸，就去觐见希逸。希逸非常吃惊，说："我平生敢做的事，你许俊也敢做啊？"随即向皇帝上奏说："检校尚书金部员外郎兼御史韩翃长久以来担任僚属之职，屡次建立功劳。近来参加乡试，他有个爱妾柳氏被凶寇所隔绝，暂住在尼姑庵中。现在国家文明昌盛，远近的人都身被教化。将军沙吒利凶暴恣肆，违犯法纪，仅凭微小的功绩，劫掠有节操的妇女，破坏了和谐的社会秩序。臣的部将兼御史中丞许俊，家本在幽州、蓟州一带，有胆略且勇敢果决，夺回了柳氏，还给韩翃。许俊内心里充满了正义，此次虽然出于义愤；但事先不向上级请示，实在是我平时缺乏严明教育所致。"不久，皇帝下诏书说："柳氏应该还给韩翃，赐给沙吒利二百万钱。"柳氏于是回到韩翃身边。韩翃后来屡次升迁，最后升任中书舍人。然而，柳氏志在防范外人的非礼，却未能做到，许俊能够见义勇为却不够通达事理。如果柳氏能够被选入皇宫，她一定会像汉元帝的妃子冯婕妤那样临危不惧，为皇帝挡住扑来的熊，也会像汉成帝时的班婕妤那样，为了皇帝的声名而拒绝和皇帝同车出游。如果许俊能以德才兼备而被皇帝重用，他一定会像春秋时的曹沫那样，当齐桓公和鲁庄公在柯地会谈时，用匕首劫持侵略鲁国的齐桓公，逼他交还被占的鲁国土地，也会像战国时的蔺相如那样在渑池会上建立特殊的功勋。事业必须靠行动才能展示，功勋靠事业才能建立。可惜有人怀才不遇，有人有勇无谋，都不能进到正途。这难道是正途的变化吗？大概是因为遇到的情况使然吧。

读后感悟

《柳氏传》为著名的唐传奇小说，小说通过院遇、相得、避难、遭劫、团圆、奏本六段故事，叙述了诗人韩翃和柳氏悲欢离合之遭遇，歌颂其对爱情之执着追求。该传既反映了在封建社会制度下妇女的不幸遭遇，同时也暴露了当时的社会现实。其以对比手法，先写男女主人公两人相爱之深，又写离乱中相思之苦，甜与苦、乐与悲互相映衬，形成强烈对照，刻骨铭心。

长恨传（陈鸿撰）

原文诵读

唐开元中，泰阶平，四海无事。玄宗在位岁久，倦于旰食宵衣，政无大小，始委于丞相。稍深居游宴，以声色自娱。先是，元献皇后武淑妃皆有宠，相次即世；宫中虽良家子千万数，无悦目者，上心忽忽不乐。时每岁十月，驾幸华清宫，内外命妇，焜耀景从。浴日余波，赐以汤沐，春风灵液，淡荡其间。上心油然，恍若有遇，顾左右前后，粉色如土。诏高力士，潜搜外宫，得弘农杨玄琰女于寿邸。既笄矣，鬓发腻理，纤秾中度，举止闲冶，如汉武帝李夫人。别疏汤泉，诏赐澡莹。既出水，体弱力微，若不任罗绮，光彩焕发，转动照人。上甚悦。进见之日，奏《霓裳羽衣》以导之。定情之夕，授金钗钿合以固之。又命戴步摇，垂金珰。明年，册为贵妃，半后服用。由是冶其容，敏其词，婉娈万态，以中上意，上益嬖(bì)焉。时省风九州，泥金五岳，骊山雪夜，上阳春朝，与上行同辇，止同室，宴专席，寝专房。虽有三夫人、九嫔、二十七世妇、八十一御妻、暨后宫才人、乐府妓女，使天子无顾盼意。自是六宫无复进幸者。非徒殊艳尤态，独能致是；盖才知明慧，善巧便佞，先意希旨，有不可形容者焉。叔父昆弟皆列在清贵，爵为通侯，姊妹封国夫人，富埒(liè)主室。车服邸第，与大长公主侔(móu)，而恩泽势力,则又过之。出入禁门不问,京师长吏为之侧目。故当时谣咏有云:"生女勿悲酸,生男勿欢喜。"又曰:"男不封侯女作妃,君看女却为门楣。"其为人心羡慕如此。天宝末,兄国忠盗丞相位,愚弄国柄。及安禄山引兵向阙,以讨杨氏为辞。潼关不守,翠华南幸。出咸阳道,次马嵬,六军徘徊,持戟不进。从官郎吏伏上马前,请诛错以谢天下。国忠奉牦缨盘水,死于道周。左右之意未快,上问之,当时敢言者,请以贵妃塞天下之怒。上知不免,而不忍见其死,反袂掩面,使牵而去之。仓皇展转,竟就绝于尺组之下。既而玄宗狩成都,肃宗禅灵武。明年,大凶归元,大驾还都,尊玄宗为太上皇,就养南宫,自南宫迁于西内。时移事去,乐尽悲来,每至春之日,冬之夜,池莲夏开,宫槐秋落,梨园弟子,玉管发音,闻《霓裳羽衣》一声,则天颜不怡,左右歔欷。三载一意,其念不衰。求之梦魂,杳杳而不能得。适有道士自蜀来,知上心念杨妃如是,自言有李少君之术。玄宗大喜,命致其神。方士乃竭其术以索之,不至。又能游神驭气,出天界,没地府,以求之,又不见。又旁求四虚上下,东极绝天涯,跨蓬壶,见最高仙山。上多楼阁,西厢下有洞户,东向,窥其门,署曰"玉妃太真院"。方士抽簪扣扉,有双鬟童出应门。方士造次未及言,而双鬟复入。俄有碧衣侍女至,诘其所从来。方士因称唐天子使者,且致其命。碧衣云:"玉妃方寝,请少待之。"于时云海沉沉,洞天日晚,琼户重阖,悄然无声。方士屏息敛足,拱手门下。久之而碧衣延入,且曰:"玉妃出。"俄见一人,冠金莲,披紫绡,珮红玉,曳凤舄,左右侍者

七八人，揖方士，问皇帝安否。次问天宝十四载已还事，言讫悯然。指碧衣女，取金钗钿合，各拆其半，授使者曰："为谢太上皇，谨献是物，寻旧好也。"方士受辞与信，将行，色有不足。玉妃因征其意，复前跪致词："乞当时一事，不闻于他人者，验于太上皇。不然，恐钿合金钗，寠新垣平之诈也。"玉妃茫然退立，若有所思，徐而言曰："昔天宝十年，侍辇避暑骊山宫，秋七月，牵牛织女相见之夕，秦人风俗，夜张锦绣，陈饮食，树花燔香于庭，号为乞巧。宫掖间尤尚之。时夜始半，休侍卫于东西厢，独侍上。上凭肩而立，因仰天感牛女事，密相誓心，愿世世为夫妇。言毕，执手各呜咽。此独君王知之耳。"因自悲曰："由此一念，又不得居此，复于下界，且结后缘。或在天，或在人，决再相见，好合如旧。"因言"太上皇亦不久人间，幸唯自安，无自苦也。"使者还奏太上皇，上心嗟悼久之。余具国史。至宪宗元和元年，盩厔（zhōu zhì）县尉白居易为歌，以言其事。并前秀才陈鸿作传，冠于歌之前。目为《长恨歌传》。居易歌曰：

汉皇重色思倾国，御宇多年求不得。杨家有女初长成，养在深闺人不识。天生丽质难自弃，一朝选在君王侧。回眸一笑百媚生，六宫粉黛无颜色。春寒赐浴华清池，温泉水滑洗凝脂。侍儿扶起娇无力，始是新承恩泽时。云鬓花颜金步摇，芙蓉帐暖度春宵，春宵苦短日高起，从此君王不早朝。承欢侍宴无闲暇，春从春游夜专夜。汉宫佳丽三千人，三千宠爱在一身。金屋妆成娇侍夜，玉楼宴罢醉和春。姊妹弟兄皆列士，可怜光彩生门户。遂令天下父母心，不重生男重生女。骊宫高处入青云，仙乐风飘处处闻。缓歌慢舞凝丝竹，尽日君王看不足。渔阳鼙鼓动地来，惊破《霓裳羽衣曲》。九重城阙烟尘生，千乘万骑西南行。翠华摇摇行复止，西出都门百余里。六军不发无奈何，宛转蛾眉马前死。花钿委地无人收，翠翘金雀玉搔头。君王掩面救不得，回看血泪相和流。黄埃散漫风萧索，云栈萦回登剑阁。峨眉山下少行人，旌旗无光日色薄。蜀江水碧蜀山青，圣主朝朝暮暮情。行宫见月伤心色，夜雨闻铃肠断声。天旋日转回龙驭，到此踌躇不能去。马嵬坡下泥土中，不见玉颜空死处。君臣相顾尽沾衣，东望都门信马归。归来池苑皆依旧，太液芙蓉未央柳。芙蓉如面柳如眉，对此如何不泪垂？春风桃李花开夜，秋雨梧桐叶落时。西宫南苑多秋草，落叶满阶红不扫。梨园弟子白发新，椒房阿监青娥老。夕殿萤飞思悄然，孤灯挑尽未成眠。迟迟钟漏初长夜，耿耿星河欲曙天。鸳鸯瓦冷霜华重，翡翠衾寒谁与共？悠悠生死别经年，魂魄不曾来入梦。临邛道士鸿都客，能以精诚致魂魄。为感君王辗转思，遂令方士殷勤觅。排空驭气奔如电，升天入地求之遍。上穷碧落下黄泉，两处茫茫皆不见。忽闻海上有仙山，山在虚无缥缈间。楼殿玲珑五云起，其中绰约多仙子。中有一人名太真，雪肤花貌参差是。金阙西厢叩玉扃，转教小玉报双成。闻道汉家天子使，九华帐里梦魂惊。揽衣推枕起徘徊，珠箔银屏迤逦开。云鬓半偏新睡觉，花冠不整下堂来。风吹仙袂飘飘举，犹似《霓裳羽衣舞》。玉容寂寞泪阑干，梨花一枝春带雨。含情凝睇谢君王，一别音容两渺茫。昭阳殿里恩爱绝，蓬莱宫中日

月长。回头下望人寰处,不见长安见尘雾。空将旧物表深情,钿合金钗寄将去。钗留一股合一扇,钗劈黄金合分钿。但令心似金钿坚,天上人间会相见。临别殷勤重寄词,词中有誓两心知。七月七日长生殿,夜半无人私语时:"在天愿为比翼鸟,在地愿为连理枝。"天长地久有时尽,此恨绵绵无绝期。

译文

　　唐朝开元年间,天下太平,全国无事。玄宗在位多年,厌倦了宵衣旰食,朝中的大小事务,开始全都委托给丞相处理。他渐渐深居内宫,游戏宴饮,用音乐和美色使自己快乐。在此之前,元献皇后和武淑妃都受到玄宗的宠爱,她们相继去世;宫中虽然有成千上万的好人家的美女,却没有一个让人看着高兴的,皇上内心闷闷不乐。当时每年十月,皇帝都要带着车马去华清宫,朝廷内外有封号的女子,都穿着鲜明光耀夺目的衣服,像影子那样跟随。皇帝洗过澡后,就赏赐命妇们也在御用温泉中洗浴。春风吹拂着华清池水,命妇们在水中沐浴。皇上不禁有些心旌摇荡,期望能遇到一个心仪的女子,可是他看看前后左右的嫔妃,却觉得一个个面色如土,毫无光彩。于是下令让高力士暗地里到宫外搜寻美人。结果在寿王府中找到了弘农郡杨玄琰的女儿。成年之后,她鬓发细腻润泽,身材适中,举止娴静娇媚,就像汉武帝的李夫人。于是另外为她设了一个温泉浴池,让她去洗浴。洗完出水以后,身体柔弱无力,好像连穿轻柔的绸衣也经受不住了，光彩焕发，明艳照人，皇上非常高兴。在她觐见皇上那天，乐队奏起《霓裳羽衣曲》引导她前行。定情的那天晚上，皇上送给她金钗钿盒，用来加深彼此间的爱情。又命她戴上金制的步摇和金制的耳坠。第二年，册封为贵妃，衣服用度有皇后的一半。从此杨贵妃整治妆容，言谈机智，姿态妩媚，来迎合皇上的心意，皇上更加宠爱她了。当时皇上巡视天下，祭祀五岳，在骊山上度过雪夜，在上阳宫度过春晨，贵妃与皇上走时同车，住宿同房，饮宴专席，睡觉专房。皇上虽有三夫人、九嫔、二十七世妇、八十一御妻和后宫的才人、乐府的无数歌女，但他看都不看她们一眼。从此六宫之中没有能再进宫受宠的人了。这不仅是由于杨贵妃突出的容貌和妩媚的风姿；还因为她有才能有智慧，聪明伶俐，善于讨好献媚，在皇帝开口前，她就猜到皇帝心意而去迎合他，这当中真有些无法言传的妙处。贵妃的叔父兄弟都做了清高尊贵的大官，封爵公侯，姊妹都被封为国夫人，富和皇族等同。车马、衣服、住宅与皇帝的姑母相同，而得到的恩惠好处，却又超过了他们。出入宫禁无人敢问，京城的长官对他们也不敢正眼直视。因此当时民间有歌谣说："生女勿悲酸，生男勿欢喜。"又说："男不封侯女作妃，君看女却为门楣。"人们内心就是这样羡慕他们。天宝末年，贵妃的兄长杨国忠窃据了丞相之位，蒙蔽皇帝，操持大权。等到安禄山领兵向京城进发，以讨伐杨氏家族为借口。潼关失守，皇帝只好向南边逃跑。出了咸阳，途中停在马嵬坡，皇帝的禁卫军都拿着兵器不肯再前进。这时随从的大小官员跪在皇帝车驾前，请求像汉景帝诛杀晁错那样，杀掉杨国忠向天下人谢罪。杨国忠捧着谢罪的牦牛缨和水盘向皇帝请罪，被处死于道旁。左右侍从仍不满意，皇上问他们，当时有敢说话的人，就请求杀掉杨贵妃以消除天下人的怨恨。皇上知道这事难以挽回，可又不忍心看着贵妃去死，就用袖子遮住脸，让人把她拉走。贵妃慌张挣扎，终于被绞死。不久玄宗逃到成都，肃宗在灵武即位。第二年，大逆贼安禄山被杀，玄宗的大驾又回到了京城。肃宗尊奉玄宗为太上皇，让他到南面的兴庆宫殿去养老，又让他迁到西内的太极宫。时光流逝，往事已去，唐玄宗不禁乐尽悲来，每到春日冬天夜，池中莲花夏天盛开，宫中的槐树秋天落叶，乐伎吹奏玉管，听到《霓裳羽衣曲》，圣颜抑郁，身边的侍从也叹息不止。三年时间一心一意，想念贵妃的念头没有稍减。想做梦见到贵妃，渺茫而不能实现。当时正好有个道士从蜀地前来，知道太上皇心里非常想念杨贵妃，就说自己有李少君的招魂法术。玄宗大为高兴，让他去找来贵妃的魂灵。方士便使出他的全部法术来找，没有找到。又腾云驾雾，上到天界，下入地府来寻找，也没有找到。于是又到东西南北四方和天地之外去寻找，最东面到了极远的天边，跨过蓬莱，见到一座最高的仙山。上面有很多楼阁，西厢房檐下有个洞门，朝东，看那大门，上面写着"玉妃太真院"。方士抽出簪子敲门，有个扎着羊角辫的女童出来开门。方士匆忙之间未及开口，而女童却又进去了。不一会儿有个穿着绿衣服的侍女出来了，问方士从什么地方来。方士于是说自己是唐朝天子的使者，并且传达了玄宗的使命。穿绿衣服的人说："玉妃正睡觉，请稍微等待一会儿。"这时云雾沉沉，天色昏暗，美玉做成的门重新关了起来，静悄悄的没有声息。方士屏住呼吸，恭敬地拱着手站在门口。过了很久，穿绿衣的侍女才请方士进去，并且说："玉妃出来了。"很快就看见一个人，戴着金色莲花冠，披着紫色的绡衣，身佩红玉，穿着凤头鞋，在七八个仙女的簇拥下缓步走来，向方士行了礼，询问皇帝是否平安。然后又问了天宝十四年以后的事。玉妃说完后，面露悲伤。示意穿绿衣的侍女，让她取来金钗钿盒，各折下一半，交给使者说："替我向太上皇道谢，我敬献这件东西，是为了找回过去的情意。"方士接受了玉妃的话和信物，将要出发，脸上露出不满足的样子。玉妃于是询问方士还有什么要求，方士就走上前跪下说："请求说一件你们两人当时的私事，别人不知道的，以便向太上皇证实。不这样的话，恐怕钿盒金钗，会被看作汉文帝时以道术行骗的新垣平所设的骗局了。"玉妃内心茫然，往后退了几步站住，若有所思，慢慢地说："当初天宝十年时，我侍奉皇帝到骊山宫中避暑，秋季七月，牛郎织女相会的晚上，按照秦地的风俗，要在那天晚上挂起锦绣，陈列饮食，在院子里插上花烧香，称之为乞巧。皇宫中尤其崇尚这件事。当时刚到半夜，侍卫们已在东西厢房中休息，我单独侍候皇上。皇上扶着我的肩站着，仰望天空感叹牛郎织女的遭遇，于是我俩秘密地互相发出心中的誓言，希望世世代代都做夫妻。说完，拉着手各自吞声哭泣。这件事只有皇上知道。"玉妃自己伤感地说："由于当年这个念头，我又不能长住在这里了，还要再回到人间，再结以后的缘分。或者在天上，或者在人间，我俩一定会再相见，像以前那样和好。"又说："太上皇在人间的时间也不长了，希望保重自身，不要自找苦恼。"使者回来向太上皇奏报了经过，太上皇伤感了很久。其余的事情都在国史中有记录。到了唐宪宗元和元年，盩厔县的县尉白居易写了一首诗，来叙述这件事。前秀才陈鸿也写了一篇传文，放在诗歌的前面。看作是《长恨歌传》。白居易的歌写道：

汉皇重色思倾国，御宇多年求不得。杨家有女初长成，养在深闺人不识。天生丽质难自弃，一朝选在君王侧。回眸一笑百媚生，六宫粉黛无颜色。春寒赐浴华清池，温泉水滑洗凝脂。侍儿扶起娇无力，始是新承恩泽时。云鬓花颜金步摇，芙蓉帐暖度春宵，春宵苦短日高起，从此君王不早朝。承欢侍宴无闲暇，春从春游夜专夜。汉宫佳丽三千人，三千宠爱在一身。金屋妆成娇侍夜，玉楼宴罢醉和春。姊妹弟兄皆列士，可怜光彩生门户。遂令天下父母心，不重生男重生女。骊宫高处入青云，仙乐风飘处处闻。缓歌慢舞凝丝竹，尽日君王看不足。渔阳鼙鼓动地来，惊破《霓裳羽衣曲》。九重城阙烟尘生，千乘万骑西南行。翠华摇摇行复止，西出都门百余里。六军不发无奈何，宛转蛾眉马前死。花钿委地无人收，翠翘金雀玉搔头。君王掩面救不得，回看血泪相和流。黄埃散漫风萧索，云栈萦回登剑阁。峨眉山下少行人，旌旗无光日色薄。蜀江水碧蜀山青，圣主朝朝暮暮情。行宫见月伤心色，夜雨闻铃肠断声。天旋日转回龙驭，到此踌躇不能去。马嵬坡下泥土中，不见玉颜空死处。君臣相顾尽沾衣，东望都门信马归。归来池苑皆依旧，太液芙蓉未央柳。芙蓉如面柳如眉，对此如何不泪垂？春风桃李花开夜，秋雨梧桐叶落时。西宫南苑多秋草，落叶满阶红不扫。梨园弟子白发新,椒房阿监青娥老。夕殿萤飞思悄然,孤灯挑尽未成眠。迟迟钟漏初长夜,耿耿星河欲曙天。鸳鸯瓦冷霜华重,翡翠衾寒谁与共?悠悠生死别经年,魂魄不曾来入梦。临邛道士鸿都客,能以精诚致魂魄。为感君王展转思,遂令方士殷勤觅。排空驭气奔如电,升天入地求之遍。上穷碧落下黄泉,两处茫茫皆不见。忽闻海上有仙山,山在虚无缥缈间。楼殿玲珑五云起,其中绰约多仙子。中有一人名太真,雪肤花貌参差是。金阙西厢叩玉扃,转教小玉报双成。闻道汉家天子使,九华帐里梦魂惊。揽衣推枕起徘徊,珠箔银屏迤逦开。云鬓半偏新睡觉,花冠不整下堂来。风吹仙袂飘飘举,犹似《霓裳羽衣舞》。玉容寂寞泪阑干,梨花一枝春带雨。含情凝睇谢君王,一别音容两渺茫。昭阳殿里恩爱绝,蓬莱宫中日月长。回头下望人寰处,不见长安见尘雾。空将旧物表深情,钿合金钗寄将去。钗留一股合一扇,钗劈黄金合分钿。但令心似金钿坚,天上人间会相见。临别殷勤重寄词,词中有誓两心知。七月七日长生殿,夜半无人私语时:"在天愿为比翼鸟,在地愿为连理枝。"天长地久有时尽,此恨绵绵无绝期。

读后感悟

《长恨传》为唐代陈鸿所作传奇名篇,与白居易所作《长恨歌》内容约略相同,所不同者,白氏为诗体,陈文为传体,皆以明皇与杨贵妃之悲剧故事为主体叙述,宛转曲折,凄恻动人。

无双传

原文诵读

唐王仙客者，建中中朝臣刘震之甥也。初，仙客父亡，与母同归外氏。震有女曰无双，小仙客数岁，皆幼稚，戏弄相狎，震之妻常戏呼仙客为"王郎子"。如是者凡数岁，而震奉孀姊及抚仙客尤至。一旦，王氏姊疾，且重，召震约曰："我一子，念之可知也，恨不见其婚室。无双端丽聪慧，我深念之，异日无令归他族，我以仙客为托。尔诚许我，瞑目无所恨也。"震曰："姊宜安静自颐养，无以他事自挠。"其姊竟不痊。仙客护丧，归葬襄邓。服阕，思念身世，孤子如此，宜求婚娶，以广后嗣。无双长成矣，我舅氏岂以位尊官显而废旧约耶？于是饰装抵京师。时震为尚书租庸使，门馆赫奕，冠盖填塞。仙客既觐，置于学舍，弟子为伍。舅甥之分，依然如故，但寂然不闻选取之议。又于窗隙间窥见无双，姿质明艳，若神仙中人，仙客发狂，唯恐姻亲之事不谐也。遂罄囊橐，得钱数百万，舅氏舅母左右给使。达于厮养，皆厚遗之。又因复设酒馔，中门之内，皆得入之矣。诸表同处，悉敬事之。遇舅母生日，市新奇以献，雕镂犀玉，以为首饰。舅母大喜。又旬日，仙客遣小妪，以求亲之事，闻于舅母。舅母曰："是我所愿也，即当议其事。"又数夕，有青衣告仙客曰："娘子适以亲情事言于阿郎，阿郎云：'向前亦未许之。'模样云云,恐是参差也。"仙客闻之,心气俱丧,达旦不寐,恐舅氏之见弃也,然奉事不敢懈怠。一日,震趋朝,至日初出,忽然走马入宅,汗流气促。唯言"镶却大门,镶却大门。"一家惶骇,不测其由。良久乃言:"泾原兵士反,姚令言领兵入含元殿,天子出苑北门,百官奔赴行在。我以妻女为念,略归部署。"疾召仙客:"与我勾当家事,我嫁与尔无双。"仙客闻命,惊喜拜谢。乃装金银罗锦二十驮,谓仙客曰:"汝易衣服,押领此物,出开远门,觅一深隙店安下;我与汝舅母及无双,出启夏门,绕城续至。"仙客依所教,至日落,城外店中待久不至。城门自午后扃锁,南望目断。遂乘骢,秉烛绕城,至启夏门,门亦锁。守门者不一,持白棓,或立或坐。仙客下马徐问曰:"城中有何事如此?"又问"今日有何人出此?"门者曰:"朱太尉已作天子。午后有一人重戴,领妇人四五辈,欲出此门。街中人皆识,云是租庸使刘尚书。门司不敢放出。近夜追骑至,一时驱向北去矣。"仙客失声恸哭,却归店。三更向尽,城门忽开,见火炬如昼,兵士皆持兵挺刃,传呼斩斫使出城,搜城外朝官。仙客舍辎骑惊走,归襄阳,村居三年。后知克复,京师重整,海内无事,乃入京,访舅氏消息。至新昌南街,立马彷徨之际,忽有一人马前拜。熟视之,乃旧使苍头塞鸿也。鸿本王家生,其舅常使得力,遂留之。握手垂涕,仙客谓鸿曰:"阿舅舅母安否?"鸿云:"并在兴化宅。"仙客喜极云:"我便过街去。"鸿曰:"某已得从良,客户有一小宅子,贩缯为业。今日已夜,郎君且就客户一宿,来早同去未晚。"遂引至所居,饮

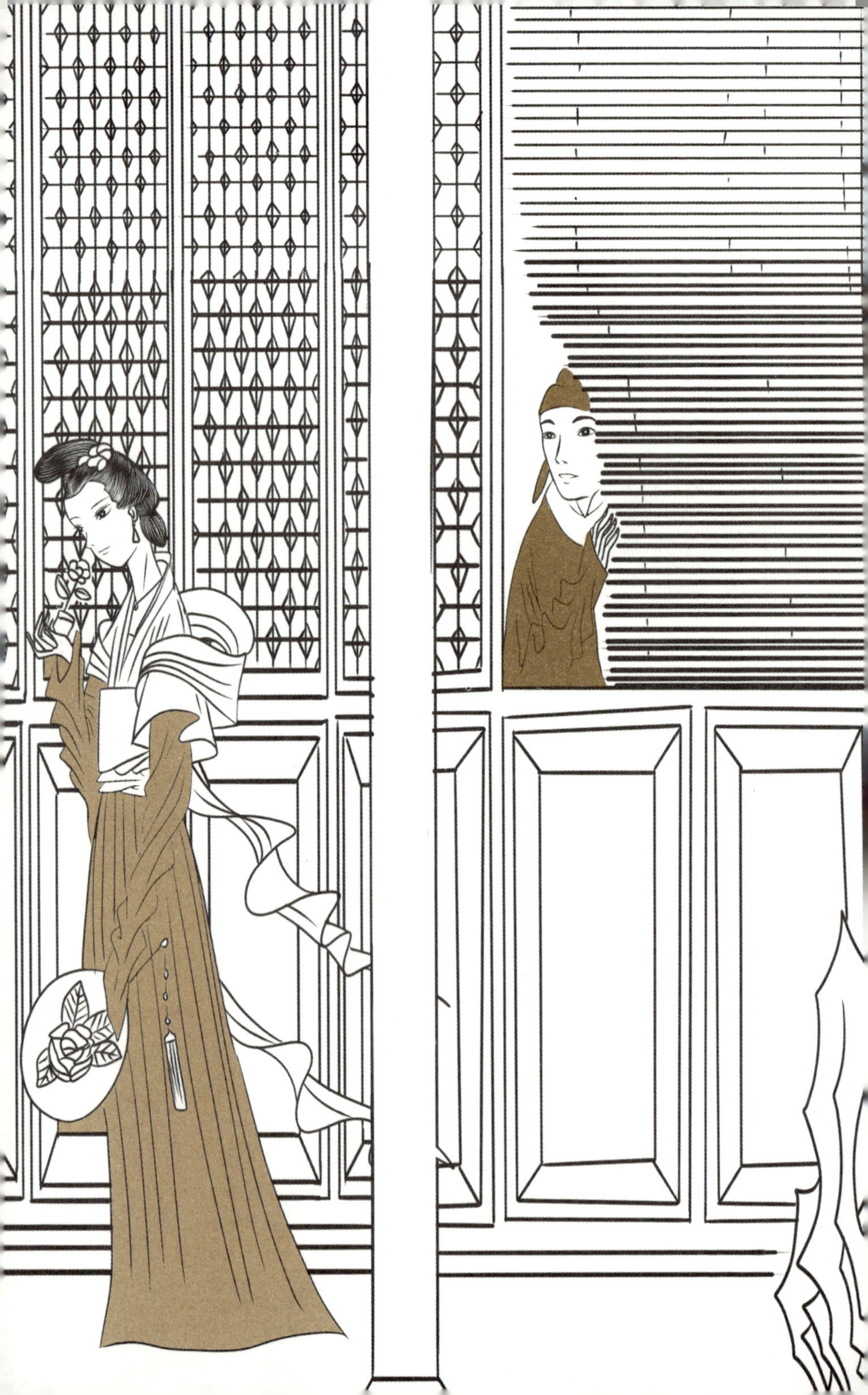

馔甚备。至昏黑,乃闻报曰:"尚书受伪命官,与夫人皆处极刑,无双已入掖庭矣。"仙客哀冤号绝,感动邻里。谓鸿曰:"四海至广,举目无亲戚,未知托身之所。"又问曰:"旧家人谁在?"鸿曰:"唯无双所使婢采蘋者,今在金吾将军王遂中宅。"仙客曰:"无双固无见期,得见采蘋,死亦足矣。"由是乃刺谒,以从侄礼见遂中,具道本末,愿纳厚价,以赎采蘋。遂中深见相知,感其事而许之。仙客税屋,与鸿、蘋居。塞鸿每言:"郎君年渐长,合求官职,悒悒不乐,何以遣时?"仙客感其言,以情恳告遂中。遂中荐见仙客于京兆尹李齐运,齐运以仙客前御为富平县尹,知长乐驿。累月。忽报有中使押领内家三十人往园陵,以备洒扫,宿长乐驿。毡车子十乘下讫。仙客谓塞鸿曰:"我闻宫嫔选在掖庭,多是衣冠子女,我恐无双在焉,汝为我一窥,可乎?"鸿曰:"宫嫔数千,岂便及无双?"仙客曰:"汝但去,人事亦未可定。"因令塞鸿假为驿吏,烹茗于帘外,仍给钱三千。约曰:"坚守茗具,无暂舍去,忽有所睹,即疾报来。"塞鸿唯唯而去。宫人悉在帘下,不可得见之,但夜语喧哗而已。至夜深,群动皆息,塞鸿涤器构火,不敢辄寐,忽闻帘下语曰:"塞鸿塞鸿,汝争得知我在此耶?郎健否?"言讫呜咽。塞鸿曰:"郎君见知此驿,今日疑娘子在此,令塞鸿问候。"又曰:"我不久语,明日我去后,汝于东北舍阁子中紫褥下,取书送郎君。"言讫便去。忽闻帘下极闹,云:"内家中恶,中使索汤药甚急。"乃无双也。塞鸿疾告仙客,仙客惊曰:"我何得一见?"塞鸿曰:"今方修渭桥,郎君可假作理桥官,车子过桥时,近车子

立，无双若认得，必开帘子，当得瞥见耳。"仙客如其言，至第三车子，果开帘子，窥见，真无双也。仙客悲感怨慕，不胜其情。塞鸿于阁子中褥下得书，送仙客。花笺五幅，皆无双真迹，词理哀切，叙述周尽。仙客览之，茹恨涕下，自此永诀矣。其书后云："常见敕使说，富平县古押衙，人间有心人，今能求之否？"仙客遂申府。请解驿务，归本官。遂寻访古押衙，则居于村墅。仙客造谒，见古生。生所愿，必力致之，缯（zēng）彩宝玉之赠，不可胜纪。一年未开口。秩满，闲居于县，古生忽来，谓仙客曰："洪一武夫，年且小，何所用？郎君于某竭分，察郎君之意，将有求于老夫。老夫乃一片有心人也，感郎君之深恩，愿粉身以答效。"仙客泣拜，以实告古生。古生仰天，以手拍脑数四曰："此事大不易，然与郎君试求，不可朝夕便望。"仙客拜曰："但生前得见，岂敢以迟晚为限耶？"半岁无消息。一日扣门，乃古生送书，书云："茅山使者回，且来此。"仙客奔马去，见古生，生乃无一言。又启使者，复云："杀却也，且吃茶。"夜深，谓仙客曰："宅中有女家人识无双否？"仙客以采蘋对，仙客立取而至。古生端相，且笑且喜云："借留三五日，郎君且归。"后累日，忽传说曰："有高品过，处置园陵宫人。"仙客心甚异之，令塞鸿探所杀者，乃无双也。仙客号哭，乃叹曰："本望古生，今死矣，为之奈何？"流涕歔欷，不能自已。是夕更深，闻叩门甚急，及开门，乃古生也，领一箯子入，谓仙客曰："此无双也，今死矣，心头微暖，后日当活。微灌汤药，切须静密。"言讫，仙客抱入阁子中，独守之。至明，遍体有

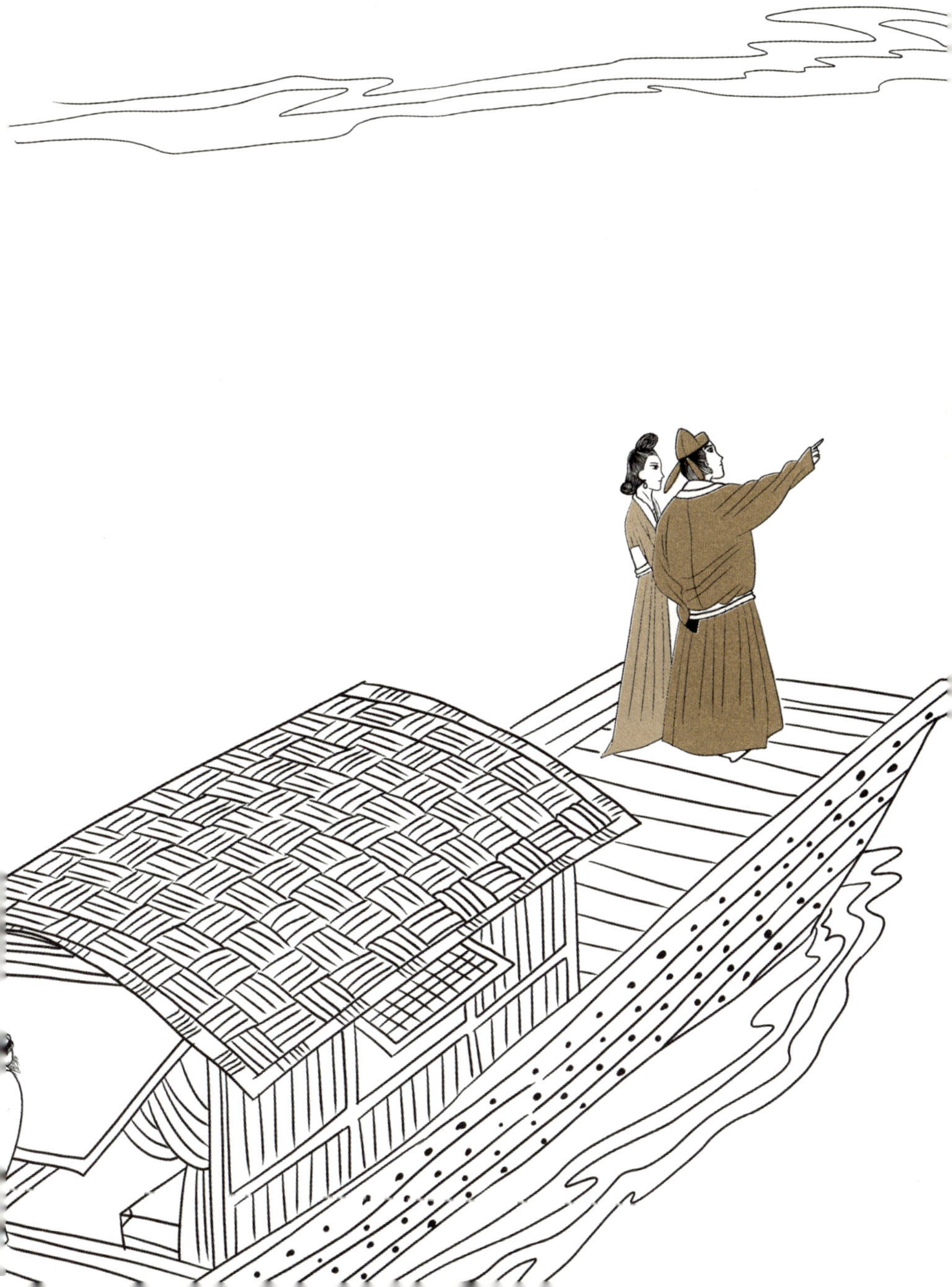

暖气。见仙客，哭一声遂绝，救疗至夜方愈。古生又曰："暂借塞鸿，于舍后掘一坑。"坑稍深，抽刀断塞鸿头于坑中。仙客惊怕。古生曰："郎君莫怕，今日报郎君恩足矣。比闻茅山道士有药术，其药服之者立死，三日却活。某使人专求得一丸，昨令采蘋假作中使，以无双逆党，赐此药令自尽。至陵下，托以亲故，百缣赎其尸。凡道路邮传，皆厚赂矣，必免漏泄。茅山使者及舁簀人，在野外处置讫。老夫为郎君，亦自刎。君不得更居此，门外有檐子一十人，马五匹，绢二百匹，五更挈无双便发，变姓名浪迹以避祸。"言讫，举刀，仙客救之，头已落矣，遂并尸盖覆讫。未明发，历四蜀下峡，寓居于渚宫。悄不闻京兆之耗，乃挈家归襄邓别业，与无双偕老矣，男女成群。噫！人生之契阔会合多矣，罕有若斯之比，常谓古今所无。无双遭乱世籍没，而仙客之志，死而不夺，卒遇古生之奇法取之，冤死者十余人。艰难走窜后，得归故乡，为夫妇五十年。何其异哉！

译文

唐朝人王仙客，是唐德宗建中年间朝中大臣刘震的外甥。当初，仙客的父亲去世，仙客和母亲一起回到了外公家。刘震有个女儿叫无双，比仙客小几岁，二人都是孩童，所以经常在一块儿亲密地玩耍。刘震的妻子经常开玩笑地喊仙客为"王郎君"。就这样过了好几年，刘震侍奉守寡的姐姐，抚养仙客，都做得很周到。有一天,姐姐病了,而且很重,就把刘震叫到面前约定说:"我只有一个儿子,惦念他这是可想而知的事,遗憾的是,我看不到他结婚成家了。无双端庄美丽,而且很聪明,我也深深地惦记着她,以后不要让她嫁到别家去。我就把仙客托付给你。你如果答应了我,我就没有什么遗憾,死也瞑目了。"刘震说:"姐姐应该静下心来,好好调养身体,不要用别的事扰乱自己的心绪。"不久,姐姐就去世了。仙客护送灵车,回襄邓安葬。守丧期满后,仙客考虑自己的遭遇、前途。心想,我老是孤身一人怎么能行?应该赶快结婚,以便后代繁盛。无双已经长大了,我舅舅难道会因为地位尊贵、官职显赫而废除原来的婚约吗?于是打扮一番到了京城。那时刘震已做了尚书租庸使,门庭显赫,官员们来来往往,车马堵塞了门口。仙客见了舅舅后,被安置在学馆里,与那些学子生活在一起。舅甥的关系,仍像当初那样好,但是关于选女婿的事,舅舅却一直不提。仙客从窗缝中曾偷偷看见过无双,见她姿态容貌十分艳丽,就像是一位仙女下凡。仙客爱得发狂,唯恐婚姻的事不能成功。于是便卖掉了带来的行装,总共卖得几百万钱。对在舅父舅母身边的随从心腹,直至干粗活的奴仆,都送了厚礼,并摆了酒席招待他们,于是中门以内,仙客都能随便出入了。在和各种表亲相处时,仙客都用恭敬的态度对待他们,遇到舅母生日,就买些新奇的东西作生日贺礼,买了雕犀刻玉的工艺品,给舅母做首饰,舅母因此非常高兴。又过了十天,仙客派了一位老妇女,向舅母提起了求亲的事。舅母说:"这是我的愿望,很快就会商量这件事的。"又过了几个晚上,有个婢女来告诉仙客:"你舅母刚才把求婚的事对你舅舅说了,舅舅说:'以前我并没答应过呀!'情形如此,恐怕事情有出入了。"仙客听了这个话,心一下子全凉了,从晚到早没有睡觉,唯恐舅舅真的变了卦,侍奉舅父舅母更不敢稍有懈怠。一天,刘震去上朝,到太阳刚出来时,忽然骑马跑回家中,汗流满面,呼吸急促,不断说:"快锁上大门!锁上大门!"一家人都惊慌害怕,猜不出是什么原因。过了好久刘震才说:"泾原的士兵造反,姚令言带着军队进了含元殿。天子从花园的北门逃出去了,百官都向皇帝去的地方。我惦记着妻子儿女,回来稍微安排一下。"又赶快把仙客叫来说:"你替我安排一下家里的事,等平静以后我就把无双嫁给你!"仙客听到吩咐,又惊又喜,拜谢舅舅。于是刘震装满金银锦缎二十驮,对仙客说:"你换换衣服,押着这些东西,从开远门出去,找一个深巷里的旅店安排住下。我与你舅母和无双从启夏门出去,绕城而行,随后赶到。"仙客依照吩咐行动。到太阳落山,在城外店里等了好久,舅舅他们也没到。城门从午后就上了锁,仙客向南极力远望,直到什么也看不见了,也没发现舅父一家人。于是骑上青骢马,拿着蜡烛,绕城寻找。到了启夏门,城门也锁着。守门的和平时不同,他们拿着白木棒,有的站着,有的坐着。仙客下马,慢慢问道:"城里到底出了什么事情?今天有什么人从这里出城了?"守城门的人说:"朱太尉已做了皇帝。午后有一个人带了很多东西,还带了四五个妇女,想从此门出去,街上的人都认识,说是租庸使刘尚书,守城的不敢放行。快到很晚时,追赶的骑兵到了,就押送驱赶着他们向北走了。"仙客禁不住痛哭起来，只好又回到店中。三更将尽的时候，城门忽然打开，只见火把照耀得如白天一样，士兵都拿着刀枪呼喊传话说："斩斫使出城了！搜索在城外的朝廷官员！"仙客便丢下了辎重车骑，惊慌地逃走了。他回到了襄阳，在乡下住了三年。后来知道叛乱平息，京城光复，天下太平了，于是动身进京，打探舅舅家的消息。到了京城新昌街，正停下马进退不定时，忽然有一个人在马前下拜，仙客仔细一看，原来是自己过去的老仆人塞鸿。塞鸿本来是王家的家生奴，曾侍奉过仙客的舅舅，舅舅觉得他很得力，就留在自己家里使唤了。现在二人相见，不免感伤地拉着手流泪。仙客问塞鸿道："我舅舅和舅母都平安吗？"塞鸿说："他们都在兴化里的府宅中。"仙客喜出望外说："我马上就过街去看望他们。"塞鸿说："我已经赎身成为平民，租了一间小房子，以卖丝织品为业。现在天快黑了，您就暂时到我那里住一宿，明早一块去您舅舅家也不晚。"塞鸿把仙客领到自己住的地方，准备了丰盛的饭菜。到了天黑时，塞鸿才对仙客说："您舅舅刘尚书在叛乱后接受过伪政府的官职，光复后，他和你舅母一起被朝廷处死了。无双已被送进宫廷当了奴婢。"仙客悲哀怨恨，哭得死去活来，邻居们都被感动了。仙客对塞鸿说："天下极大，举目无亲，我不知道自己托身的地方在哪里！"又问道："原先的仆人谁还在此地？"塞鸿说："只有无双使唤过的婢女采蘋，现在还在金吾将军王遂中的家里。"仙容说："无双看来是没有再见的机会了，能见见采蘋，死也值得了。"于是递上名片，以堂侄的礼节拜见王遂中，把事情的经过从头到尾都说了，并表示愿用高价赎回采蘋。

王遂中被仙客这种真挚的深情所感动，答应了他的要求。仙客于是租了房子，和采蘋、塞鸿同住。塞鸿常常对仙客说："您的年龄渐渐大了，应该谋个官职，整天郁郁不乐，怎么过日子？"对他的话，仙客有所感悟，就把自己的心里话诚恳地告诉了王遂中。王遂中于是就带着王仙客去见京兆尹李齐运，向他推荐。李齐运就派仙客去做富平县尹，兼管长乐驿站。过了几个月，有一天，忽听报告说宫中的太监押着三十名宫女去清扫皇陵，途中要在长乐驿住宿。等宫中的十辆毡车上的人都下来后，仙客对塞鸿说："我听说宫女选入内廷的，多是大官的子女，恐怕无双也在里面。你为我偷偷看一看，好吗？"塞鸿说："宫女数千人，哪里就会轮到无双！"仙客说："你只管去，人间常常有意想不到的事。"于是给了塞鸿三千钱，叫他假扮为驿吏，在帘外煮茶，约定说："牢牢看守着茶具，一会儿也不要离开。稍有所见就赶快来告诉我。"塞鸿连声答应着去了。宫女全在帘子里面，不能看到她们，晚上只听见嘈杂的说话声音罢了。到了深夜，各种活动都停了，塞鸿洗刷器具，添柴续火，不敢去睡。忽然听到帘子里说："塞鸿，塞鸿！你怎么知道我在这里呢？郎君身体健康吗？"说完了低声哭起来。塞鸿说："郎君现在主管这个驿站，今天疑心娘子会在此处，所以叫我来问候。"无双又说："不能多说话，明天我离开后，你到东北方阁子中的紫色褥子底下取出书信送给郎君。"说完就离开了。忽然听到帘子里面很吵闹，说是有宫女得了急病，太监要汤药要得很急。原来说话的就是无双。塞鸿急忙把情况告诉了仙客，仙客吃惊地说："我怎样才能见她一面呢？"塞鸿说："现在正修渭河桥，郎君可以假充理桥官,车子过桥时,你靠近车子站着,无双如果认出你来,一定会掀开车帘,这样就能见到她了。"仙客按照他的话办了。等到第三辆车经过时,果然有人掀开了帘子。仙客往里一看,果真是无双。仙客伤感怨恨渴慕,简直承受不了这种复杂的心情。宫女们离开驿站后,塞鸿在阁子中的褥子下面找到了书信,送给了仙客。是五张花笺,上面都是无双亲手写的字,词句十分悲哀恳切,叙述详尽周到。仙客看后,只能含恨落泪,觉得从此以后再也不会见到无双了。那封信结尾处说:"常听见皇帝的使者说,富平县有位姓古的押衙,是位愿意为人排忧解难的人,现在你能去求求他吗?"仙客便向府里提出申请,请求解除驿务,回去做原官。批准后,便去寻访古押衙。打听后得知,古先生原来住在乡下简陋的房子里。仙客去拜访,见到了古先生。以后凡是古先生所希望的,仙客一定努力办到,赠送给古先生的各种颜色的丝织品和珍宝玉石不计其数。这样过了一年,仙客并未开口提什么要求。任满后,仙客闲住在县里,古先生忽然来了,对仙客说:"我古洪是一介武夫,人也已经老了,还有什么用呢?郎君对我竭尽情谊,我观察郎君的用意,好像有什么事要求我办。我倒是有一片急人之难的心啊!很感激郎君的大恩,愿意粉身碎骨来报答!"仙客哭着下拜,把实情告诉了古先生。古先生仰望天空,用手再三地拍脑袋,说:"这事太不容易办了,可是还是要替郎君试一试,但不能指望很快成功。"仙客拜谢说:"只要生前能见到无双就行,哪敢限定时间的早晚呢?"此后半年没有消息。有一天,有人敲门,原来是古先生送了信来。信上说:"茅山使者回来了,你暂且来我这里一趟。"仙客骑上马就跑去见古先生。古先生竟一句话不说。仙客又问使者，回答说："已经杀掉了，暂且喝茶吧。"夜深的时候，古先生对仙客说："你家里有认识无双的女仆吗？"仙客说采蘋认识无双，而且马上把采蘋带了过来。古先生仔细看了看，一边笑一边高兴地说："借她留住三五天，郎君暂且回去吧。"过了几天以后，忽然传来消息说，有位大官经过这里，去处置陵园中的一名宫女。仙客心中觉得很奇怪，让塞鸿去打听被杀的人是谁，原来竟是无双！仙客号啕大哭，叹息说："本来寄希望于古先生，现在已经死了，我还能有什么办法呢？"不断流泪叹息，不能控制自己。当天晚上，夜已很深了，忽然听到急促的敲门声。等开门一看，原来是古先生。只见他领着一乘软轿进来，对仙客说："这就是无双，现在死了，不过心窝微温，后天会活过来。给她灌些汤药，千万要安静保密。"说完话，仙客就把无双抱进了阁子里，一个人伴着她。到了第二天早晨，无双遍身都有了热气，睁眼看见了仙客，哭了一声，就昏死过去，抢救到晚上才缓过来。古先生又说："暂时借用一下塞鸿，到房后挖个坑。"坑挖得较深的时候，古先生抽出刀来，把塞鸿的头砍落到坑里。仙客又吃惊又害怕。古先生说："郎君不要怕，今天我已经报答了郎君的恩情。前些日子我听说茅山道士有一种药，那种药吃下去，人会立刻死去，三天后却会活过来，我派人专程去要了一丸。昨天让采蘋假扮宦官，说因为无双是属于叛逆一伙的人，赐给她这种药命她自尽。尸体送到墓地时，我又假托是她的亲朋故旧，用百匹绸缎赎出了她的尸体。凡是路上的馆驿，我都送了厚礼，一定不会泄漏。茅山使者和抬软轿的人,在野外就把他们处置光了。我为了郎君,也要自杀。郎君不能再住在此地,门外有轿夫十人、马五匹、绢二百匹,五更天时,你就带着无双出发,然后就改名换姓,漂泊远方去避祸吧!"说完就举起了刀,仙客急忙去阻挡,但古先生的人头已经落地。于是把古先生的头与身子合到一起埋葬了。埋完后,趁天没亮就出发了。经四川,过三峡,最后寄居于江陵的渚宫。后来一直也没听到京城有什么不好的消息,于是就带着家眷回到了襄邓别墅。仙客与无双终于白头偕老,子女成群。唉!人生的离散聚合之事多得很,却很少有可与这件事相比的,常说这是古今都没有的事。无双生逢乱世,财产与人都被没收入了官府,而仙客的志向,至死没有改变,终于遇到古先生,用奇特的方法救回了无双。为了成全这件事屈死的人有十多个。他们艰难逃窜,最后得以回到故乡,做为夫妇一起生活了五十年。这真是天下少有的奇事啊。

读后感悟

《无双传》以女主角命名,描述动荡年代一对青年男女曲折之爱情故事。作者通过对王仙客与刘无双的爱情故事的描写,热情歌颂了执着、专一的爱情,歌颂了王仙客忠诚于爱情,"死而不夺"的精神。同时,作为晚唐的作品,《无双传》也与当时许多作品一样,塑造了古押衙这样一个为知己者死的侠义之士,并在一定程度上揭示了掖庭、军阀对人民生活的破坏。

霍小玉传（蒋防撰）

原文诵读

大历中，陇西李生名益，年二十，以进士擢第。其明年，拔萃，俟试于天官。夏六月，至长安，舍于新昌里。生门族清华，少有才思，丽词嘉句，时谓无双，先达丈人，翕然推伏。每自矜风调，思得佳偶，博求名妓，久而未谐。长安有媒鲍十一娘者，故薛驸马家青衣也，折券从良，十余年矣。性便僻，巧言语，豪家戚里，无不经过，追风挟策，推为渠帅。常受生诚托厚赂，意颇德之。经数月，李方闲居舍之南亭，申未间，忽闻扣门甚急。云是鲍十一娘至。摄衣从之，迎问曰："鲍卿，今日何故忽然而来？"鲍笑曰："苏姑子作好梦也未？有一仙人，谪在下界，不邀财货，但慕风流。如此色目，共十郎相当矣。"生闻之惊跃，神飞体轻，引鲍手且拜且谢曰："一生作奴，死亦不惮。"因问其名居，鲍具说曰："故霍王小女字小玉，王甚爱之。母曰净持，净持即王之宠婢也。王之初薨，诸弟兄以其出自贱庶，不甚收录，因分与资财，遣居于外。易姓为郑氏，人亦不知其王女。资质秾艳，一生未见。高情逸态，事事过人，音乐诗书，无不通解。昨遣某求一好儿郎，格调相称者。某具说十郎，他亦知有李十郎名字，非常欢惬。住在胜业坊古寺曲，甫上车门宅是也。已与他作期约，明日午时，但至曲头觅桂子,即得矣。"鲍既去,生便备行计。遂令家僮秋鸿,于从兄京兆参军尚公处,假青骊驹,黄金勒。其夕,生浣衣沐浴,修饰容仪、喜跃交并,通夕不寐。迟明,巾帻,引镜自照,惟惧不谐也。徘徊之间,至于亭午。遂命驾疾驱,直抵胜业。至约之所,果见青衣立候,迎问曰:"莫是李十郎否?"即下马,令牵入屋底,急急锁门。见鲍果从内出来,遥笑曰:"何等儿郎造次入此?"生调诮未毕,引入中门。庭间有四樱桃树,西北悬一鹦鹉笼,见生入来,即语曰:"有人入来,急下帘者。"生本性雅淡,心犹疑惧,忽见鸟语,愕然不敢进。逡巡,鲍引净持下阶相迎,延入对坐。年可四十余,绰约多姿,谈笑甚媚。因谓生曰:"素闻十郎才调风流,今又见容仪雅秀,名下固无虚士。某有一女子,虽拙教训,颜色不至丑陋,得配君子,颇为相宜。频见鲍十一娘说意旨,今亦便令永奉箕帚。"生谢曰:"鄙拙庸愚,不意顾盼,倘垂采录,生死为荣。"遂命酒馔,即令小玉自堂东阁子中而出,生即拜迎。但觉一室之中,若琼林玉树,互相照曜,转盼精彩射人。既而遂坐母侧,母谓曰:"汝尝爱念'开帘风动竹,疑是故人来',即此十郎诗也。尔终日吟想,何如一见?"玉乃低鬟微笑,细语曰:"见面不如闻名,才子岂能无貌?"生遂连起拜曰:"小娘子爱才,鄙夫重色,两好相映,才貌相兼。"母女相顾而笑,遂举酒数巡。生起,请玉唱歌,初不肯,母固强之。发声清亮,曲度精奇。酒阑及暝,鲍引生就西院憩息。闲庭邃宇,帘幕甚华。鲍令侍儿桂子、浣沙,与生脱靴解带。须臾玉至,言叙温和,辞气宛媚。解罗

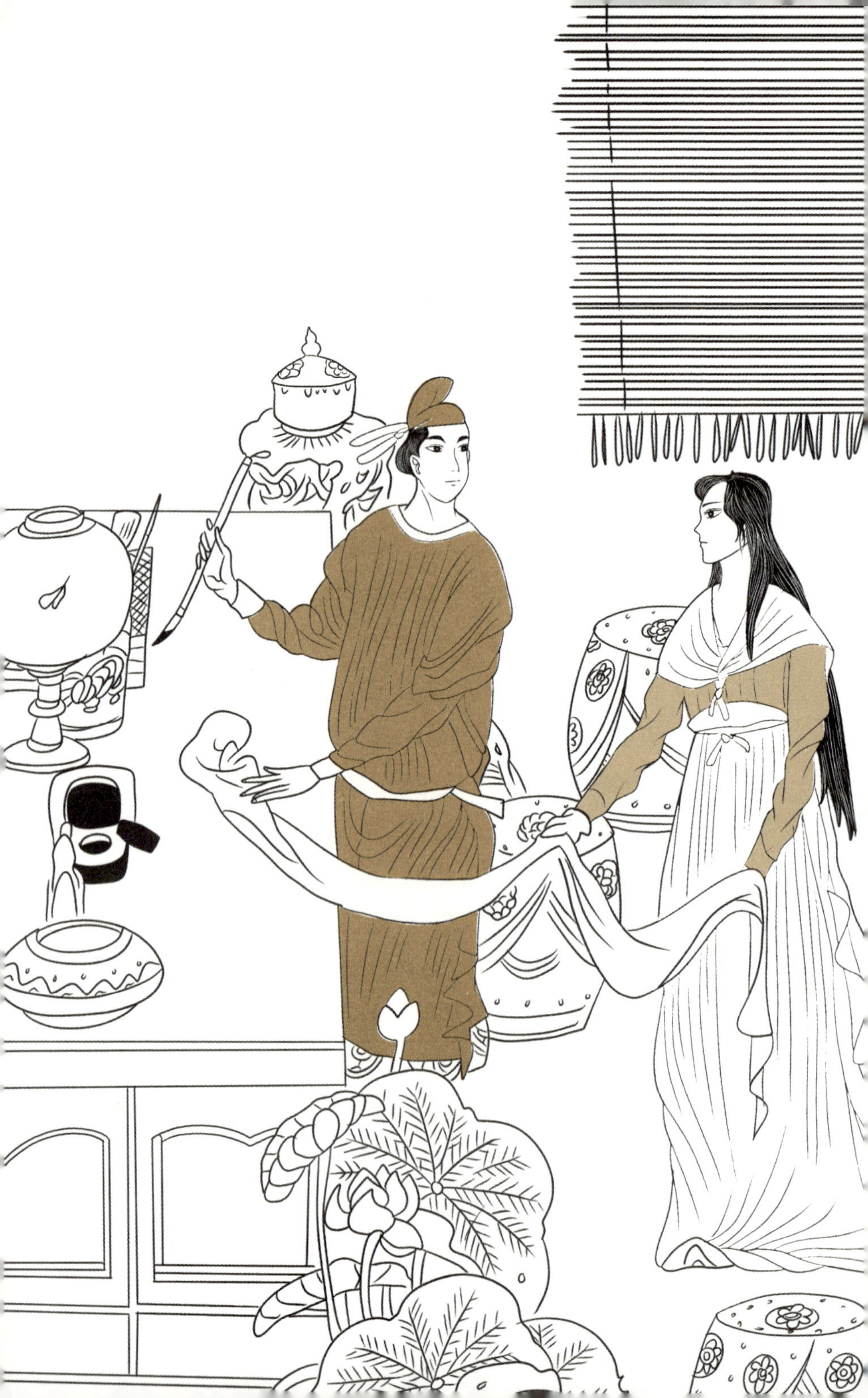

衣之际,态有余妍,低帏昵枕,极其欢爱,生自以为巫山洛浦不过也。中宵之夜,玉忽流涕观生曰:"妾本倡家,自知非匹,今以色爱,托其仁贤。但虑一旦色衰,恩移情替,使女萝无托,秋扇见捐。极欢之际,不觉悲至。"生闻之,不胜感叹,乃引臂替枕,徐谓玉曰:"平生志愿,今日获从。粉骨碎身,誓不相舍。夫人何发此言?请以素缣,著之盟约。"玉因收泪,命侍儿樱桃,褰幄执烛,授生笔研。玉管弦之暇,雅好诗书,箧箱笔研,皆王家之旧物。遂取绣囊,出越姬乌丝栏素缣三尺以授生。生素多才思,援笔成章,引谕山河,指诚日月,句句恳切,闻之动人。染毕,命藏于宝箧之内。自尔婉娈相得,若翡翠之在云路也。如此二岁,日夜相从。其后年春,生以书判拔萃登科,授郑县主簿。至四月,将之官,便拜庆于东洛。长安亲戚,多就筵饯。时春物尚余,夏景初丽,酒阑宾散,离恶萦怀。玉谓生曰:"以君才地名声,人多景慕,愿结婚媾,固亦众矣。况堂有严亲,室无冢妇,君之此去,必就佳姻,盟约之言,徒虚语耳。然妾有短愿,欲辄指陈,永委君心,复能听否?"生惊怪曰:"有何罪过,忽发此辞,试说所言,必当敬奉。"玉曰:"妾年始十八,君才二十有二。迨君壮室之秋,犹有八岁。一生欢爱,愿毕此期,然后妙选高门,以谐秦晋,亦未为晚。妾便舍弃人事,剪发披缁,夙昔之愿,于此足矣。"生且愧且感,不觉涕流,因谓玉曰:"皎日之誓,死生以之。与卿偕老,犹恐未惬素志,岂敢辄有二三?固请不疑,但端居相待。至八月,必当却到华州,寻使奉迎,相见非远。"更数日,生遂

诀别东去。到任旬日,求假往东都觐亲。未至家日,太夫人已与商量表妹卢氏,言约已定。太夫人素严毅,生逡巡不敢辞让,遂就礼谢,便有近期。卢亦甲族也,嫁女于他门,聘财必以百万为约,不满此数,义在不行。生家素贫,事须求贷,便托假故,远投亲知,涉历江淮,自秋及夏。生自以孤负盟约,大愆回期,寂不知闻,欲断其望。遥托亲故,不遗漏言。玉自生逾期,数访音信。虚词诡说,日日不同。博求师巫,遍询卜筮。怀忧抱恨,周岁有余,羸卧空闺,遂成沉疾。虽生之书题竟绝,而玉之想望不移。赂遗亲知,使通消

息,寻求既切,资用屡空。往往私令侍婢潜卖箧中服玩之物,多托于西市寄附铺侯景先家货卖。曾令侍婢浣沙,将紫玉钗一只,诣景先家货之。路逢内作老玉工,见浣沙所执,前来认之曰:"此钗吾所作也。昔岁霍王小女,将欲上鬟,令我作此,酬我万钱,我尝不忘。汝是何人?从何而得?"浣沙曰:"我小娘子即霍王女也。家事破散,失身于人,夫婿昨向东都,更无消息。悒怏成疾,今欲二年。令我卖此,赂遗于人,使求音信。"玉工凄然下泣曰:"贵人男女,失机落节,一至于此。我残年向尽,见此盛衰,不胜伤感。"遂引至延先公主宅,具言前事。公主亦为之悲叹良久,给钱十二万焉。时生所定卢氏女在长安,生既毕于聘财,还归郑县。其年腊月,又请假入城就亲,潜卜静居,不令人知。有明经崔允明者,生之中表弟也,性甚长厚。昔岁常与生同欢于郑氏之室,杯盘笑语,曾不相间,每得生信,必诚告于玉。玉常以薪刍衣服,资给于崔,崔颇感之。生既至,崔具以诚告玉,玉恨叹曰:"天下岂有是事乎?"遍请亲朋,多方召致,生自以愆期负约,又知玉疾候沉绵,惭耻忍割,终不肯往。晨出暮归,欲以回避。玉日夜涕泣,都忘寝食,期一相见,竟无因由。冤愤益深,委顿床枕。自是长安中稍有知者,风流之士,共感玉之多情;豪侠之伦,皆怒生之薄行。时已三月,人多春游,生与同辈五六人诣崇敬寺玩牡丹花,步于西廊,递吟诗句。有京兆韦夏卿者,生之密友,时亦同行,谓生曰:"风光甚丽,草木荣华。伤哉郑卿,衔冤空室,足下终能弃置,实是忍人。丈夫之心,不宜如此,足下宜为思之。"

叹让之际，忽有一豪士，衣轻黄纻衫，挟朱弹，丰神隽美，衣服轻华，唯有一剪头胡雏从后，潜行而听之，俄而前揖生曰："公非李十郎者乎？某族本山东，姻连外戚，虽乏文藻，心尝乐贤。仰公声华，常思觏止，今日幸会，得睹清扬。某之敝居，去此不远，亦有声乐，足以娱情。妖姬八九人，骏马十数匹，唯公所欲。但愿一过。"生之侪辈，共聆斯语，更相叹美。因与豪士策马同行，疾转数坊，遂至胜业。生以近郑之所止，意不欲过。便托事故，欲回马首。豪士曰："敝居咫尺，忍相弃乎？"乃挽挟其马，牵引而行，迁延之间，已及郑曲。生神情恍惚，鞭马欲回。豪士遽命奴仆数人，抱持而进，疾走推入车门，便令锁却。报云："李十郎至也。"一家惊喜，声闻于外。先此一夕，玉梦黄衫丈夫抱生来，至席，使玉脱鞋。惊寤而告母，因自解曰："鞋者谐也，夫妇再合。脱者解也，既合而解，亦当永诀。由此征之，必遂相见，相见之后，当死矣。"凌晨，请母妆梳。母以其久病，心意惑乱，不甚信之。俛勉之间。强为妆梳。妆梳才毕，而生果至。玉沉绵日久，转侧须人，忽闻生来，欻然自起，更衣而出，恍若有神。遂与生相见，含怒凝视，不复有言。羸质娇姿。如不胜致，时复掩袂，返顾李生。感物伤人，坐皆唏嘘。顷之，有酒馔数十盘，自外而来，一座惊视。遽问其故，悉是豪士之所致也。因遂陈设，相就而坐。玉乃侧身转面，斜视生良久，遂举杯酒酹地曰："我为女子，薄命如斯；君是丈夫，负心若此。韶颜稚齿，饮恨而终。慈母在堂，不能供养。绮罗弦管，从此永休。征痛黄泉，皆君所致。李君

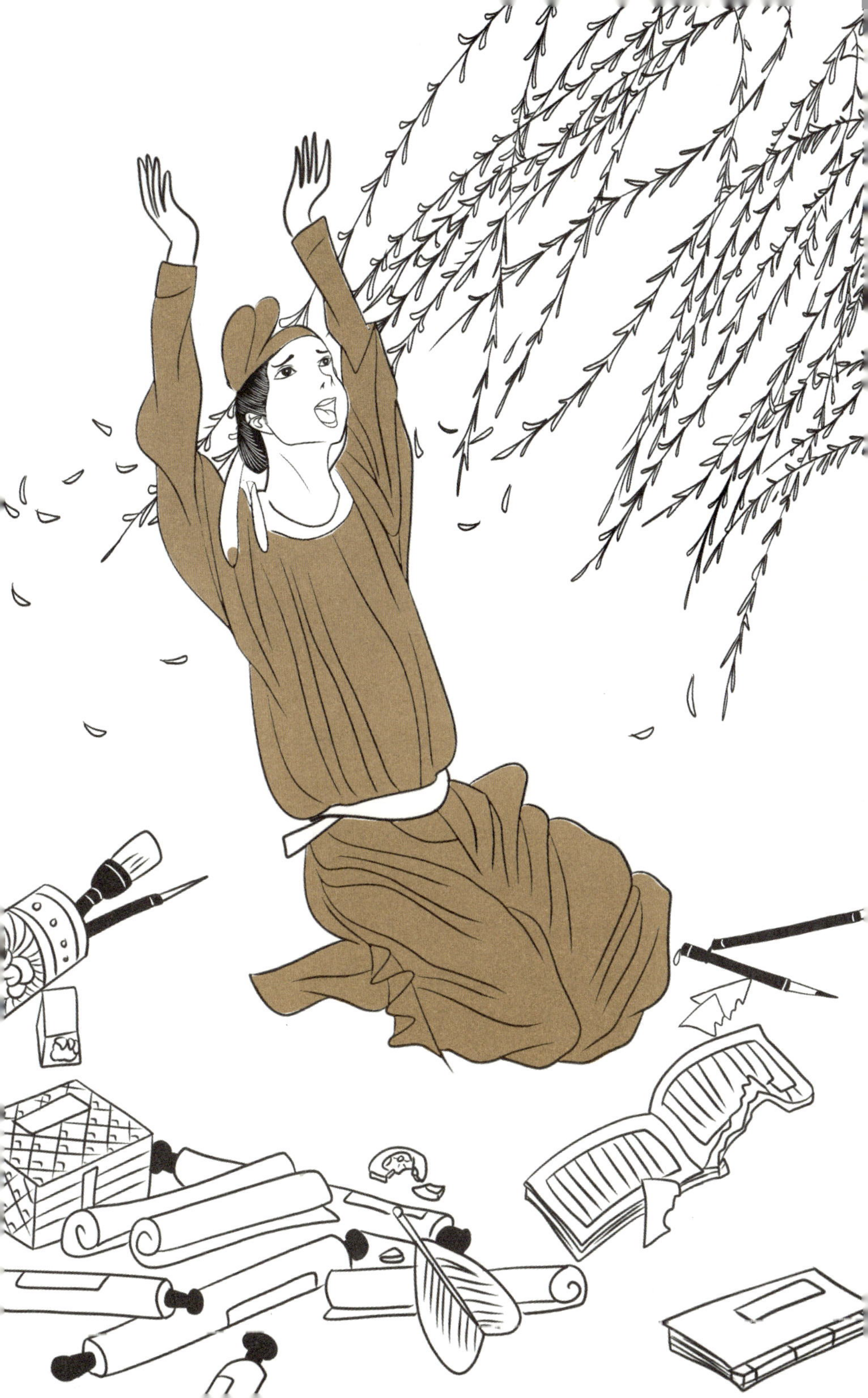

李君,今当永诀,我死之后,必为厉鬼,使君妻妾,终日不安。"乃引左手握生臂,掷杯于地,长恸号哭数声而绝。母乃举尸置于生怀,令唤之,遂不复苏矣。生为之缟素,旦夕哭泣甚哀。将葬之夕,生忽见玉穗帷之中,容貌妍丽,宛若平生。着石榴裙,紫褴裆,红绿帔子,斜身倚帷,手引绣带,顾谓生曰:"愧君相送,尚有余情。幽冥之中,能不感叹?"言毕,遂不复见。明日,葬于长安御宿原,生至墓所,尽哀而返。后月余,就礼于卢氏。伤情感物,郁郁不乐。夏五月,与卢氏偕行,归于郑县。至县旬日,生方与卢氏寝,忽帐外叱叱作声,生惊视之,则见一男子,年可二十余,姿状温美,藏身映幔,连招卢氏。生惶遽走起,绕幔数匝,倏然不见。生自此心怀疑恶,猜忌万端,夫妻之间,无聊生矣。或有亲情,曲相劝喻,生意稍解。后旬日,生复自外归,卢氏方鼓琴于床,忽见自门抛一斑犀钿花合子,方圆一寸余,中有轻绡,作同心结,坠于卢氏怀中。生开而视之,见相思子二,叩头虫一,发杀觜一,驴驹媚少许。生当时愤怒叫吼,声如豺虎,引琴撞击其妻,诘令实告。卢氏亦终不自明。尔后往往暴加捶楚,备诸毒虐,竟讼于公庭而遣之。卢氏既出,生或侍婢媵妾之属,暂同枕席,便加妒忌,或有因而杀之者。生尝游广陵,得名姬曰营十一娘者,容态润媚,生甚悦之。每相对坐,尝谓营曰:"我尝于某处得某姬,犯某事,我以某法杀之。"日日陈说,欲令惧己,以肃清闺门。出则以浴斛覆营于床,周回封署,归必详视,然后乃开。又畜一短剑,甚利,顾谓侍婢曰:"此信州葛溪铁,唯断作罪过头。"大凡生所见妇人,辄加猜忌,至于三娶,率皆如初焉。

译文

唐代宗大历年间,甘肃陇西有位叫李益的书生,二十岁时进士及第。到了第二年,朝廷进行拔萃科考试,由礼部主持。夏六月,李生到了长安,住在新昌里。李生门第清高显贵,少年时就有文学才能,文章辞藻华丽、语句精彩,当时的人都说没有第二个能比,有名望的前辈长者无不推崇赞许。李生对自己的风度才华也非常自信,一直想找一个理想的配偶,便各处寻求名妓,但很久也没有找到。长安有个媒婆叫鲍十一娘,是原先薛驸马家的婢女,后来用钱赎身取得了平民身份,至今已十多年了。鲍氏善于逢迎讨好,很会说话,那些权势之家以及皇帝的外戚家她都去过。她腿勤脚快,到处保媒拉纤,被公认为这个行业的头面人物。鲍氏多次受到李生诚恳的拜托和厚礼,心里很感激李生。过了几个月,一天下午申时前后,李生正在家里的南亭中闲坐,忽听到急促的敲门声,说是鲍十一娘来了。李生提起衣襟迎着声音往外来,迎面问道:"鲍卿今日是什么原因来我这里?"鲍氏笑着说:"又梦见美女苏小小了吗?我可是找到了一位被贬到人间的仙女,人家不要钱财,只慕风流,这样的才貌,跟你十郎是再相配不过了!"李生听了惊喜得跳了起来,只觉得身体轻飘飘的,魂儿都要飞走了。他拉着鲍氏的手边拜边感谢说："我这辈子就是为她做奴才也行，死了也不怕。"于是询问对方的姓名住处。鲍氏详细告诉他说："她是原先霍王的小女儿，字叫小玉。霍王很喜欢她。她母亲叫净持，是霍王宠爱的婢女，霍王死后不久，弟兄们认为她是微贱之人所生，不愿容留她，便分给她钱财，让她到外面去住，并让她改姓郑，人们也就不知道她是霍王的女儿了。她容貌、品德、才能都极为出色，我一生都未见过，她情趣高雅，举止不同凡俗，事事都超过别人。音乐诗书，无不通晓。昨天她托我找一位好男子，只要志趣品德相配就行。我向她详细地介绍了你，她也知道有李十郎这个名字，听后非常高兴满意。她住在胜业坊古寺巷，刚进巷口的第一个大门就是她家。我已跟她约好，明日午时，你只要到巷口找侍女桂子就能行了。"鲍氏离开后，李生马上做了出发的准备，让家僮秋鸿到堂兄京兆参军尚公那里，借来青骊驹和黄金的马笼头。当天晚上，李生洗澡更衣，修饰容貌仪表，欣喜若狂，通宵未睡。天亮时，戴上头巾，拿起镜子照了一番，唯恐事情不能成功。好不容易盼到了约定的中午，匆匆上了马，命令御手赶马快跑，直奔胜业坊。到了约定的地方，果然看见婢女站在那里等候。婢女迎上去问："莫不是李十郎吗？"李生急忙下马，叫人把马牵到屋子下面，又匆忙锁上了门。这时，看见鲍氏从里边走出，远远地笑着说："哪家的鲁莽小子敢随便进入此地？"李生玩笑还没开完，就被带进中门。院子里有四棵樱桃树，西北角处挂着一个鹦鹉笼。看到生人来了，鹦鹉就叫道："有人进来了，赶快放下帘子！"李生本性规矩恬淡，又加上心中还有些疑心害怕，忽然听见鸟说的话，惊讶得不敢往里走，站在那里犹豫。鲍氏于是领着净持走下台阶迎接，将他延请到屋内，对面坐下。净持年龄大约四十多岁，颇有风韵，谈笑很招人喜欢，她对李生说："一向听说十郎是位风流才子，现在又看到容貌仪表美好清秀，果然名不虚传。我有一个女孩儿，虽然缺少教养，但容貌还不算丑陋，能跟这样的君子相配，是很合适的。经常听鲍十一娘说起您的意思，现在就让她永远侍候您吧。"李生谢道："我这个人浅薄笨拙、平庸愚钝，没想到能被看中。如蒙不弃，生死都感到荣幸。"于是让人摆设酒宴，就叫霍小玉从堂屋东面的阁子中出来。李生急忙拜见迎接，只觉得满屋就像琼林玉树，互相映照，看那霍小玉的眼波流动，更是光彩射人。见面之后，小玉便坐到了母亲旁边。母亲对她说："你曾爱念的'开帘风动竹，疑是故人来'，就是这位李十郎的诗句。你终日吟诵想念，怎比得上真正见上一面？"小玉就低头微笑，轻轻地说："见面不如闻名，才子怎能没有好相貌呢？"李生站起连连谢说："小娘子爱才，鄙陋的我重视容貌，两好相映，真可谓才貌兼备了。"母女二人相视而笑。于是喝了几巡酒，李生站起来，请求小玉唱歌。小玉起先不肯，她母亲勉强让她唱，她只好唱了一曲。只听发声清亮，节奏精妙出奇。酒喝完了，天也黑了，鲍氏就领着李生到西院去歇息。只见庭院幽静、房屋深邃，帘幕非常华丽。鲍氏叫侍女桂子、浣纱给李生脱靴解带。不一会儿小玉来了，言谈温和，语气委婉，脱下罗衣的时候，体态有说不尽的美好。帐子低垂，枕上亲昵，二人极其欢乐相爱。李生自己认为此时他们之间的爱情，即使是楚怀王与巫山神女或曹植与洛神都不能相比。半夜时候，小玉忽然流着泪，看着李生说："我的母亲是婢女出身，自己知道配不上你。现在你因为喜欢我的容貌爱我，使我托身于仁贤，只是担心一旦我容貌衰老，你恩情转移，情意更替，就会使藤萝失去托身之树，像秋后的扇子被人丢弃，在这极为欢乐的时候，我想到这一点，不禁悲从中来。"李生听了这些话，非常感慨，就伸出胳膊让小玉枕着，慢慢地对她说："我平生的愿望今日得以实现，即使粉身碎骨，也决不会丢弃你。夫人怎么说出这种话来？现在就让我在白缣上写上我的誓言吧！"小玉于是停止了哭泣，命侍女樱桃揭起帐幔，拿着蜡烛，又把笔砚交给了李生。小玉吹奏弹唱之余，很喜欢诗书，书箱、笔砚，都是霍王家原来的东西。于是取出绣镶，从中找出了吴越女子织的乌丝栏白缣三尺交给了李生。李生一向富于文学才能，拿过笔来就写成了文章，引山河作比喻，指日月表诚心，句句都很恳切，听了很使人感动。写完了，让小玉藏在宝匣里边。从此以后，二人相亲相爱地生活在一起，像翡翠鸟比翼云中飞翔一样。这样过了两年，日夜相随。第三年春天，李生参加书判拔萃科的考试，结果考中，被授予郑县主簿的官职。到四月份，他将去赴任，便到东都洛阳去给父母请安报喜。长安的亲戚，都来参加了送行的宴会。当时正是春末时节，初夏的景色已经出现。酒喝完了，宾客尽散，离别的心绪充满了胸怀。小玉对李生说："凭您的才能、地位、名声，人们都很景仰羡慕您，愿意与您结成婚姻关系的人多得很，况且您堂上有母亲，家中又没有正妻，您这一去，一定会遇上好姻缘。盟约上的话，只不过是些空话罢了。不过我还有个小小的愿望,打算趁此机会告诉您,希望您永远记在心里。你愿意听吗?"李生惊讶奇怪地说:"我有什么罪过,你突然说出这些话?有什么想法你尽管说吧,我一定恭敬地接受。"小玉说:"我年龄才十八,您才二十二,等到您三十岁时,还有八年,我希望能再和您度过这八年美好的时日,把我一生对您的情爱都奉献给您,然后您再去好好选择一个高贵的门第,结成美满的婚姻,也不算晚。到那时我就剪去头发,穿上黑色的衣服去出家,平素的心愿,到此也就满足了。"李生又惭愧又感动,不觉流下泪来。于是对小玉说:"我在青天白日下对你发的誓言,无论生死都会信守着它。跟你白头到老还怕不能满足平素的心愿,怎么敢有三心二意呢?请你一定不要有疑心,只需像平日那样在家等着我。到八月份,我一定会回到华州,派人来迎你,相见的日子绝不会太远的。"又过了几天,李生就告别小玉向东走了。到任后十天,李生就请假到东都洛阳去拜见母亲。在李生还没到家的日子里,李生的母亲已经给他定下了表妹卢氏,并说婚约已定,李生的母亲一向严厉、果断,李生犹犹豫豫,但不敢推辞。于是按礼答谢,就定近期内结婚。卢氏也是高门望族,嫁女给别人家,聘礼约定必须达到百万,不够这个数,婚事就不能办。李生家一向不富裕,办这事得向人借贷,李生便假托有事,到远地投靠亲友,远涉江淮一带,从秋一直到夏。李生自认为单方面违背了盟约,大大地错过了和小玉约定回去的日子,就无声无息地不给她通音信,想让她断绝念头。又老远地去拜托亲戚朋友,不让他们走漏消息。小玉从李生超过了约定日期后,就多次探听音信,但听到了不少空话假话,一天一个样。小玉多次求问巫师,到处询问算卦,仍无音信。她心中越来越忧虑怨恨,身体一天天瘦弱下去,一人躺在空荡荡的闺房中,一年之后,终于得了重病。虽然李生的书信断绝,可是小玉的想念盼望却没有改变。于是小玉把财物送给亲友,让他们给打听消息。寻找既很迫切,资财因此常常缺乏。于是常常私下里让侍女偷偷去卖掉箱子中的服装和玩赏的东西。一般大多是在西市寄卖店的侯景先家变卖。她曾叫侍女浣纱拿着一支紫玉钗到景先家托卖,在路上碰到了皇宫的作坊里的老玉工。老玉工看见浣纱所拿的,走上前来辨认说:"这个钗是我做的。从前霍王的小女儿,将要挽上发髻时,叫我做了这个钗,给了我一万钱的报酬,我不曾忘记。你是什么人?从那里弄来的?"浣纱说:"我家小娘子就是霍王的女儿,家破人散,失身于别人。丈夫去年就到东都洛阳去了,至今再也没有音信,因而抑郁成疾。现在快到两年了,叫我卖了这件东西,换来钱好去求人打听音信。"老玉工伤心地流下了眼泪,说:"贵人家儿女,竟落难到这步田地!我这把年纪,余年不多,看到这兴衰景象,非常伤感!"于是把浣纱领到了延光公主的家中,把上述情况都说了。公主为此事也悲伤叹息了好久,然后给了浣纱十二万钱。当时李生所聘下的卢氏女也在长安。李生凑足了彩礼,回到了郑县。那年腊月,又请假进城到亲戚家中,然后偷偷地找了一个僻静的住处住下,不叫人知道。有个考中明经的人叫崔允明,是李生的表弟,为人忠厚,从前经常与李生一起到郑氏家中娱乐,喝酒玩乐、说说笑笑,一点隔膜也没有。崔生每当知道了李生的消息,一定如实地告诉小玉,小玉也常把衣服、柴米送给崔生,崔生因此很感激。这次李生回来后,崔生又老老实实地把全部情况告诉了小玉。小玉怨恨叹息说:"天下怎么会有这样的事呢?"于是求了很多亲戚朋友,用各种办法去请李生。李生自己觉得误了日期又违背了誓言,加上得知小玉病得很厉害,很为自己的狠心抛弃而感到惭愧羞耻,因此始终不肯去。他早晨出去,晚上回来,想尽办法躲避。小玉日夜哭泣,寝食全废,只希望见上一面,终无希望。由于怨恨气愤加深,因而病得更厉害,卧床不起了。从这时起,长安城里渐渐有人知道了这件事。风流的人,都被小玉的多情所感动;豪侠之辈,都对李生的薄情行为感到气愤。当时已是三月份,人们大都去春游,李生与同伴五六个人也到崇敬寺去玩赏牡丹花,在西廊上漫步,唱和诗句。有位京城的韦夏卿,是李生亲密的朋友,当时也一起散步,对李生说:"风光这样美丽,草木如此欣欣向荣,然而霍小玉的命运是多么可怜,她只能含冤于空房。您这样抛弃了她,实在是太无情了!男儿的心,不应该这样,您应该为这事好好想一想。"正在叹息责备的时候,忽然来了一位豪侠的壮士。只见他穿着淡黄的绎麻衫,腋下夹着一只红色弹弓,神采焕发、容颜俊美,穿的衣服轻软华丽,带着一个剪去头发的胡人小孩。这人悄悄地走着,听大家谈话。不久,这人走上前来向李生作了一揖,说:"您不是李十郎吗?我家在山东,和皇上家的外亲连上了姻亲关系。我虽然缺乏文采,却喜欢和文人雅士结交,一直仰慕您的声望文采,渴望能见到您。今日有幸相会,得以亲眼见到您的风采。我的住所,离此不远，也有歌舞音乐，足以使您心情高兴。还有八九个漂亮女子、十几匹骏马，任凭你选择，只希望你能赏光去一趟。"李生于是与壮士骑着马一块走了。他们很快转过几条街，就到了胜业坊。李生因为觉得靠近郑氏住的地方，不想经过，就推托有事，想调转马头。壮士说："离我的住处只有几尺了，你忍心丢下我吗？"就拉着李生的马，牵着马走。推让之间，已到了小玉住的巷口。李生的神情显得十分慌乱，用鞭子抽马想回去。那壮士急忙叫来几个仆人挟持着李生往前走，并迅速地把他推进小玉家的大门，马上叫人锁上门，并高声喊道："李十郎到了！"小玉一家人又惊又喜的声音，在门外都能听到。在此之前的一个晚上，小玉梦见一个黄衫男子抱着李生来了，放到了床上，让小玉脱鞋。惊醒后，她告诉了母亲。于是自己解释说："鞋，就是'谐'的意思，意味着夫妻再相见；脱就是'解'，意思是相见后就分开，也就该永远分别了。由此推求，终会相见，相见之后，就会死了。"到了早晨，小玉就请母亲给自己梳妆。母亲认为她久病，心意迷乱，不大相信，勉强为她梳妆打扮。梳妆才完，李生果然来了。小玉久病不愈，平日行动都得人帮着，听到李生来了，猛然自己站起来，换上衣服，走了出来，好像有神在帮助。小玉看见李生后，怒目注视，不再说话。瘦弱的体质、娇柔的身姿，软弱无力，好像不能经风的样子，几次以袖掩面，回看李生。感物伤心，坐中的人都呜咽起来。过了一会儿，忽然有几十盘酒饭，从外面拿了进来，满座的人都惊讶地看着，急问怎么回事，原来都是那个壮士派人送来的。酒宴摆好以后，大家互相挨着坐下。小玉侧身转过脸斜视了李生好久,先举起一杯酒浇到地上,说:"我作为一个女子,如此薄命;你是男儿,竟这样负心!我年纪轻轻,就含恨而死。慈母在堂,不能供养,人生的种种享受从此永远告终。我带着痛苦葬身黄泉,这一切都是你造成的。李君、李君,今天该永远分别了!我死之后,必为恶鬼,使您的妻妾终日不安。"她伸出左手握住李生的胳膊,把酒杯丢到了地上,放声痛哭了几声就断了气。小玉的母亲抱起尸体放在李生的怀中,让他呼唤,但是终于没苏醒过来。李生为她戴孝,早晨晚上都哭得很伤心。将要埋葬的那天晚上,李生忽然看见灵帐中的小玉,容貌非常美丽,仿佛像生前那样。她穿着石榴裙、紫色长袍,披着红绿色披肩,斜着身子靠着帏帐,手拽着绣带,看着李生对他说:"你来送我,我有点惭愧,看来你对我还有些情意,在阴曹地府我能没有感慨吗?"说完就再也看不见了。第二天,人们把小玉埋葬在长安御宿原。李生到了墓地,尽情地哭了一场才回来。过了一个多月,李生跟卢氏结了婚。但他睹物伤情,常常郁郁不乐。夏天五月份,李生与卢氏一起回到郑县。到县里才十天,李生刚与卢氏上床睡觉,忽听床帐外面有奇怪的声音。李生吃惊地看那发声音的地方,只见一个男子,年龄大约二十多岁,姿态温和风雅,躲藏在遮蔽的幔子中,连连向卢氏招手。李生慌忙下床,绕着幔子找了几圈,男子忽然不见了。李生从此心中产生怀疑和厌恶,对卢氏开始了无尽无休地猜忌,夫妻之间产生了越来越深的隔阂。有的亲戚,委婉地进行了劝说解释,李生的疑心才渐渐化解。后来过了十天,李生又从外面回来,卢氏正在床上弹琴。忽然看

见从门外抛进一个杂色犀牛角雕成的嵌花盒子,方圆一寸多,当中有薄绢结成的同心结,落入卢氏怀中。李生打开一看,有相思子二颗、叩头虫一个、发杀觜一个、驴驹媚少许。李生当时愤怒吼叫,声如豺狼老虎,拿起琴来就砸他妻子,质问她,让她说实话。卢氏却始终不明白是怎么回事。从那以后,李生常常凶暴地用杖或板子打他妻子,狠毒地虐待方式都使用了,最后告到公堂把卢氏休了。卢氏走了以后,李生有时同侍女小妾同睡,不久又对小妾产生了妒忌,有的小妾竟因此被杀死。李生曾到广陵去游览,得到一位美女叫营十一娘,姿容体态丰润妩媚,李生很喜欢她。每当二人对坐时,李生就对营十一娘说:"我曾在某处得到某个女人,她犯了什么事,我用某法杀了她。"他每天都说,想让营氏惧怕自己,以便肃清闺门中的不正当的事。李生外出时,就用澡盆把营十一娘扣在床上,周围加封;回来时仔细查看,然后再打开。李生还藏着一把短剑,很锋利,看着侍女们说:"这把剑是信州葛溪的铁制成的,单砍有罪者的脑袋。"大凡李生所见过的女人,他都会加以猜忌,以至于娶妻三次,但全都跟当初的情况相同。

读后感悟

唐人小说记录闺阁之事颇多,此《霍小玉传》尤为唐人最精彩动人之传奇篇章。

杂传记

莺莺传（元稹撰）

原文诵读

唐贞元中，有张生者，性温茂，美风容，内秉坚孤，非礼不可入。或朋从游宴，扰杂其间，他人皆汹汹拳拳，若将不及；张生容顺而已，终不能乱。以是年二十三，未尝近女色。知者诘之，谢而言曰："登徒子非好色者，是有凶行。余真好色者，而适不我值。何以言之？大凡物之尤者，未尝不留连于心，是知其非忘情者也。"诘者识之。无几何，张生游于蒲，蒲之东十余里，有僧舍曰普救寺，张生寓焉。适有崔氏孀妇，将归长安，路出于蒲，亦止兹寺。崔氏妇，郑女也；张出于郑，绪其亲，乃异派之从母。是岁，浑瑊薨于蒲，有中人丁文雅，不善于军，军人因丧而扰，大掠蒲人。崔氏之家，财产甚厚，多奴仆，旅寓惶骇，不知所托。先是，张与蒲将之党有善，请吏护之，遂不及于难。十余日，廉使杜确将天子命以总戎节，令于军，军由是戢。郑厚张之德甚，因饰馔以命张，中堂宴之。复谓张曰："姨之孤嫠(lí)未亡，提携幼稚，不幸属师徒大溃，寔(shí)不保其身，弱子幼女，犹君之生，岂可比常恩哉？今俾以仁兄礼奉见，冀所以报恩也。"命其子，曰欢郎，可十余岁，容甚温美。次命女："出拜尔兄，尔兄活尔。"久之辞疾，郑怒曰："张兄保尔之命，不然，尔且掳矣，能复远嫌乎？"久之乃至，常服睟容，不

加新饰。垂鬟接黛,双脸销红而已,颜色艳异,光辉动人。张惊为之礼,因坐郑旁。以郑之抑而见也,凝睇怨绝,若不胜其体者。问其年纪,郑曰:"今天子甲子岁之七月,终于贞元庚辰,生年十七矣。"张生稍以词导之,不对,终席而罢。张自是惑之,愿致其情,无由得也。崔之婢曰红娘,生私为之礼者数四,乘间遂道其衷。婢果惊沮,腆然而奔,张生悔之。翼日,婢复至,张生乃羞而谢之,不复云所求矣。婢因谓张曰:"郎之言,所不敢言,亦不敢泄。然而崔之姻族,君所详也,何不因其德而求娶焉?"张曰:"余始自孩提,性不苟合。或时绔绮间居,曾莫流盼。不为当年,终有所蔽。昨日一席间,几不自持。数日来,行忘止,食忘饱,恐不能逾旦暮。若因媒氏而娶,纳采问名,则三数月间,索我于枯鱼之肆矣。尔其谓我何?"婢曰:"崔之贞慎自保,虽所尊不可以非语犯之,下人之谋,固难入矣。然而善属文,往往沉吟章句,怨慕者久之。君试为喻情诗以乱之,不然则无由也。"张大喜,立缀春词二首以授之。是夕,红娘复至,持彩笺以授张曰:"崔所命也。"题其篇曰《明月三五夜》,其词曰:"待月西厢下,迎风户半开。拂墙花影动,疑是玉人来。"张亦微喻其旨,是夕,岁二月旬有四日矣。崔之东有杏花一株,攀援可逾。既望之夕,张因梯其树而逾焉,达于西厢,则户半开矣。红娘寝于床,生因惊之。红娘骇曰:"郎何以至?"张因绐之曰:"崔氏之笺召我也,尔为我告之。"无几,红娘复来,连曰:"至矣!至矣!"张生且喜且骇,必谓获济。及崔至,则端服严容,大数张曰:"兄之恩,活我之

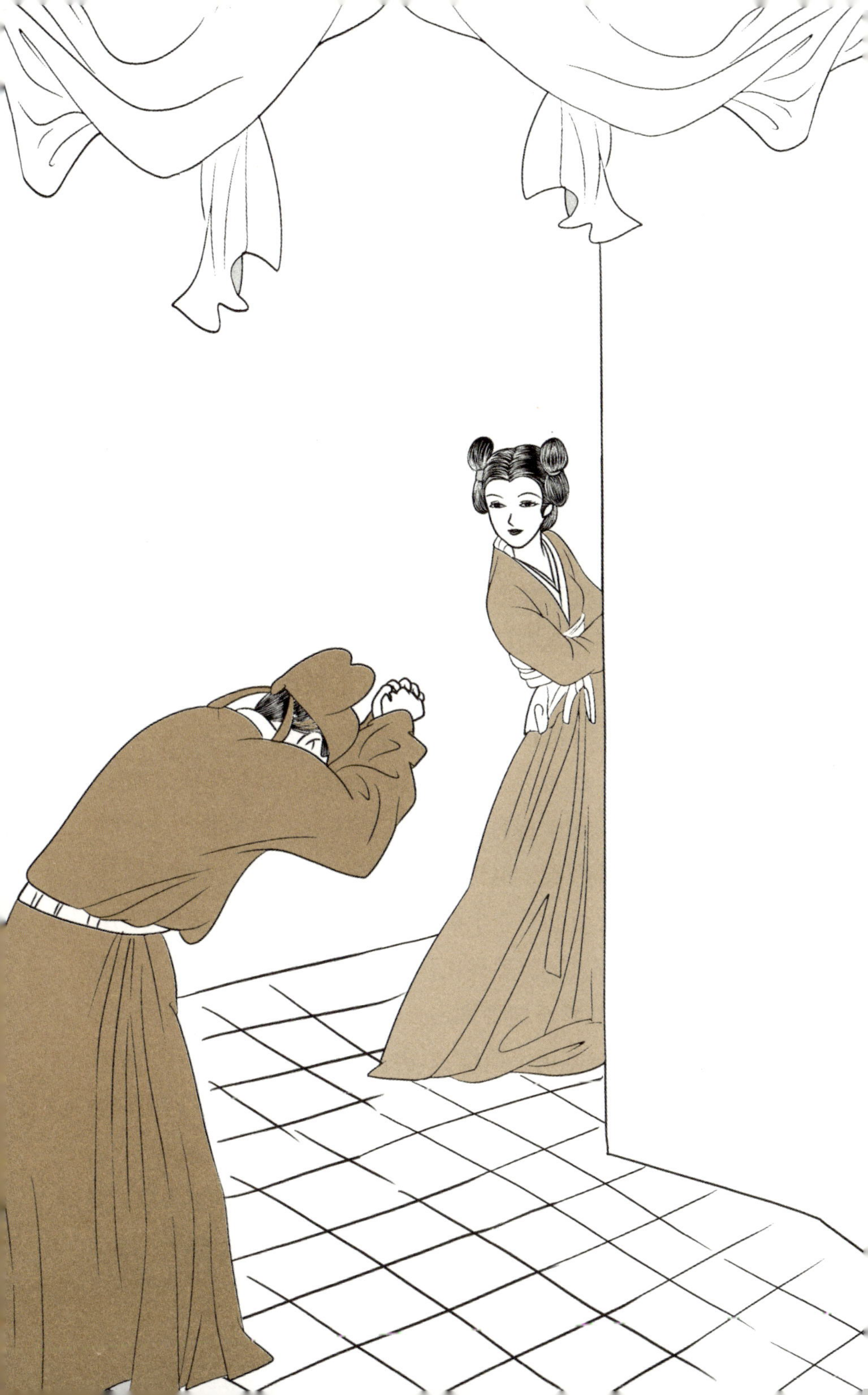

家，厚矣。是以慈母以弱子幼女见托。奈何因不令之婢，致淫逸之词，始以护人之乱为义，而终掠乱以求之，是以乱易乱，其去几何？试欲寝其词，则保人之奸，不义；明之于母，则背人之惠，不祥；将寄与婢仆，又惧不得发其真诚。是用托短章，愿自陈启，犹惧兄之见难，是用鄙靡之词，以求其必至。非礼之动，能不愧心？特愿以礼自持，无及于乱。"言毕，翻然而逝。张自失者久之，复逾而出，于是绝望。数夕，张生临轩独寝，忽有人觉之。惊骇而起，则红娘敛衾携枕而至。抚张曰："至矣！至矣！睡何为哉？"并枕重衾而去。张生拭目危坐久之，犹疑梦寐，然而修谨以俟。俄而红娘捧崔氏而至，至则娇羞融冶，力不能运支体，曩(nǎng)时端庄，不复同矣。是夕旬有八日也，斜月晶莹，幽辉半床。张生飘飘然，且疑神仙之徒，不谓从人间至矣。有顷，寺钟鸣，天将晓，红娘促去。崔氏娇啼宛转，红娘又捧之而去，终夕无一言。张生辨色而兴，自疑曰："岂其梦邪？"及明，睹妆在臂，香在衣，泪光荧荧然，犹莹于茵席而已。是后又十余日，杳不复知。张生赋《会真诗》三十韵，未毕，而红娘适至。因授之，以贻崔氏。自是复容之，朝隐而出，暮隐而入，同安于曩所谓西厢者，几一月矣。张生常诘郑氏之情，则曰："我不可奈何矣。"因欲就成之。无何，张生将之长安，先以情喻之。崔氏宛无难词，然而愁怨之容动人矣。将行之再夕，不可复见，而张生遂西下。数月，复游于蒲，会于崔氏者又累月。崔氏甚工刀札，善属文，求索再三，终不可见。往往张生自以文挑，亦不甚睹览。大略崔之出人者，艺必穷极，而貌若不知；言则敏辩，而寡于酬对。待张之意甚厚，然未尝以词继之。时愁艳幽邃，恒若不识；喜愠之容，亦罕形见。异时独夜操琴，愁弄凄恻，张窃听之，求之，则终不复鼓矣。以是愈惑之。张生俄以文调及期，又当西去。当去之夕，不复自言其情，愁叹于崔氏之侧。崔已阴知将诀矣，恭貌怡声，徐谓张曰："始乱之，终弃之，固其宜矣，愚不敢恨。必也君乱之，君终之，君之惠也；则殁身之誓，其有终矣，又何必深感于此行？然而君既不怿，无以奉宁。君常谓我善鼓琴，向时羞颜，所不能及。今且往矣，既君此诚。"因命拂琴，鼓《霓裳羽衣序》，不数声，哀音怨乱，不复知其是曲也。左右皆歔欷，崔亦遽止之。投琴，泣下流连，趋归郑所，遂不复至。明旦而张行。明年，文战不胜，张遂止于京，因贻书于崔，以广其意。崔氏缄报之词，粗载于此。曰："捧览来问，抚爱过深，儿女之情，悲喜交集。兼惠花胜一合，口脂五寸，致耀首膏唇之饰。虽荷殊恩，谁复为容？睹物增怀，但积悲叹耳。伏承使于京中就业，进修之道，固在便安。但恨僻陋之人，永以遐弃，命也如此，知复何言？自去秋已来，常忽忽如有所失，于喧哗之下，或勉为语笑，闲宵自处，无不泪零。乃至梦寐之间，亦多感咽。离忧之思，绸缪缱绻，暂若寻常；幽会未终，惊魂已断。虽半衾如暖，而思之甚遥。一昨拜辞，倏逾旧岁。长安行乐之地，触绪牵情，何幸不忘幽微，眷念无斁（yì）。鄙薄之志，无以奉酬。至于终始之盟，则固不忒。鄙昔中表相因，或同宴处，婢仆见诱，遂致私诚，儿女之心，不能自

固。君子有援琴之挑，鄙人无投梭之拒。及荐寝席，义盛意深，愚陋之情，永谓终托。岂期既见君子，而不能定情，致有自献之羞，不复明侍巾帻。没身永恨，含叹何言？倘仁人用心，俯遂幽眇，虽死之日，犹生之年。如或达士略情，舍小从大，以先配为丑行，以要盟为可欺。则当骨化形销，丹诚不泯。因风委露，犹托清尘。存没之诚，言尽于此；临纸呜咽，情不能申。千万珍重！珍重千万！玉环一枚，是儿婴年所弄，寄充君子下体所佩。玉取其坚润不渝，环取其终始不绝。兼乱丝一绚，文竹茶碾子一枚。此数物不足见珍，意者欲君子如玉之真，弊志如环不解，泪痕在竹，愁绪萦丝，因物达情，永以为好耳。心迩身遐，拜会无期，幽愤所钟，千里神合。千万珍重！春风多厉，强饭为嘉。慎言自保，无以鄙为深念。"张生发其书于所知，由是时人多闻之。所善杨巨源好属词，因为赋《崔娘诗》一绝云："清润潘郎玉不如，中庭蕙草雪销初。风流才子多春思，肠断萧娘一纸书。"河南元稹，亦续生《会真诗》三十韵。诗曰："微月透帘栊，萤光度碧空。遥天初缥缈，低树渐葱茏。龙吹过庭竹，鸾歌拂井桐。罗绡垂薄雾，环珮响轻风。绛节随金母，云心捧玉童。更深人悄悄，晨会雨蒙蒙。珠莹光文履，花明隐绣龙。瑶钗行彩凤，罗帔掩丹虹。言自瑶华浦，将朝碧玉宫。因游洛城北，偶向宋家东。戏调初微拒，柔情已暗通。低鬟蝉影动，回步玉尘蒙。转面流花雪，登床抱绮丛。鸳鸯交颈舞，翡翠合欢笼。眉黛羞偏聚，唇朱暖更融。气清兰蕊馥，肤润玉肌丰。无力慵移腕，多娇爱敛躬。汗流珠点点，发乱绿葱

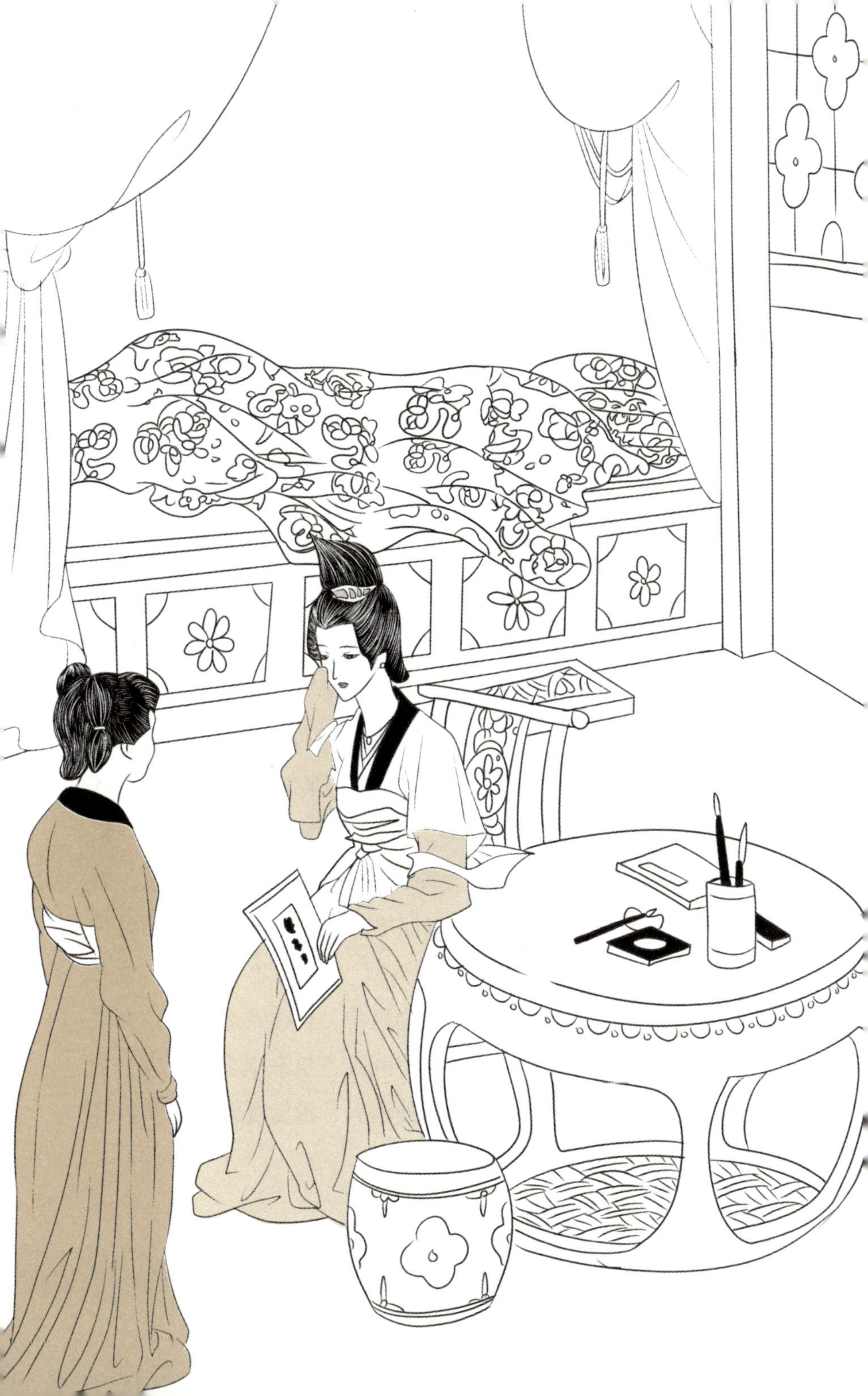

葱。方喜千年会，俄闻五夜穷。留连时有恨，缱绻意难终。慢脸含愁态，芳词誓素衷。赠环明运合，留结表心同。啼粉流宵镜，残灯远暗虫。华光犹苒苒，旭日渐曈曈。乘鹜还归洛，吹箫亦上嵩。衣香犹染麝，枕腻尚残红。幂幂临塘草，飘飘思渚蓬。素琴鸣怨鹤，清汉望归鸿。海阔诚难渡，天高不易冲。行云无处所，萧史在楼中。"张之友闻之者，莫不耸异之，然而张志亦绝矣。稹特与张厚，因征其词。张曰："大凡天之所命尤物也，不妖其身，必妖于人。使崔氏子遇合富贵，乘宠娇，不为云，不为雨，为蛟为螭，吾不知其所变化矣。昔殷之辛，周之幽，据百万之国，其势甚厚。然而一女子败之，溃其众，屠其身，至今为天下僇笑。予之德不足以胜妖孽，是用忍情。"于时坐者皆为深叹。后岁余，崔已委身于人，张亦有所娶。适经所居，乃因其夫言于崔，求以外兄见。夫语之，而崔终不为出。张怨念之诚，动于颜色，崔知之，潜赋一章词曰："自从消瘦减容光，万转千回懒下床。不为旁人羞不起，为郎憔悴却羞郎。"竟不之见。后数日，张生将行，又赋一章以谢绝云："弃置今何道，当时且自亲。还将旧时意，怜取眼前人。"自是绝不复知矣。时人多许张为善补过者。予常于朋会之中，往往及此意者，夫使知者不为，为之者不惑。贞元岁九月，执事李公垂，宿于予靖安里第，语及于是。公垂卓然称异，遂为《莺莺歌》以传之。崔氏小名莺莺，公垂以命篇。

译文

唐代贞元年间，有个张生，性情温和美善，风姿优美，意志坚强，脾气孤僻，不合于礼的事情不能勉强他去做。有时，他跟朋友一起出去游览饮宴，在那杂乱纷扰的地方，别人都吵闹起哄，都像是怕表现不出自己一样；张生只是忍让顺从而已，始终不会迷乱。虽然他已二十三岁，还没有接近过女色。知道的人去问他，他说："所谓登徒子并不是真正好色的人，而是有暴行的人。我才是个真正'好色'的人，只是从没有遇见过真正美好的女子罢了。为什么这样说呢？大凡出众的美女，我未尝不在内心留恋，从这可以知道我不是没有感情的人。"问他的人这才了解了张生。过了不久，张生到蒲州游览，蒲州的东面十多里，有个寺院叫普救寺，张生就寄住在里面。恰逢有个崔家的寡妇，将要返回长安，路过蒲州，也借住在这个寺庙。崔家寡妇，是郑家的女儿；张生的母亲也姓郑，论起亲戚，算是他的另一支派的姨母。这一年，浑瑊死在蒲州，有宦官丁文雅，不擅长军事，军人趁着办丧事进行骚扰，大肆抢劫蒲州人。崔家财产丰厚，有很多奴仆，暂住此处，不免惊慌害怕，不知该依靠谁。在此以前，张生跟蒲州那些将领有交情，就请求官吏保护崔家，因此崔家没遭到兵灾。过了十多天，廉使杜确奉皇帝的命令来主持军务，向军队下了命令，军队才安定下来。郑姨母非常感激张生的恩德，于是摆下酒席邀请张生，在堂屋中宴请他。又对张生说："我一个未亡人，带着孩子，不幸正赶上军队溃乱，实在是无法保住生命，弱小的儿子和年幼的女儿，都是你使他们得以再生，怎么可以跟平常的恩德一样看待呢？现在让他们以对待仁兄的礼节拜见你，希望以此报答你的恩情。"叫来她的儿子拜见，儿子叫欢郎，约十多岁，非常温和善良。接着叫她女儿拜见："出来拜见你仁兄，是仁兄救了你。"过了好久都未出来，推说有病。郑姨母生气地说："是你张兄保住了你的性命，不然的话，你就被人抢走了，还能再讲究远离避嫌之礼吗？"过了好久，她才到来。穿着平常的衣服，面貌丰润，没加新鲜的装饰。环形的发髻下垂到眉旁，两腮绯红，面色艳丽与众不同，光彩焕发，非常动人。张生很惊讶，跟她行礼，于是她坐到了郑姨母的身旁。因为是郑姨母强迫她出来见的，因而眼光斜着注视别处，显出很不情愿的样子，身体好像支持不住似的。张生问她年龄，郑姨母说："当朝皇上甲子年的七月出生，到贞元庚辰年，今年十七岁了。"张生稍微用话开导引她说话，女儿不回答，宴会也要结束了，只好作罢。张生从此被迷住，想向她表白自己的感情，却没有机会。崔氏女的婢女叫红娘，张生私下里多次向她行礼，趁机说出了自己的心事。红娘果然很吃惊，害羞地跑走，张生感到后悔。第二天，婢女又来了，张生羞愧地道歉，不再说相求的事。婢女于是对张生说："你的话，是我不敢说的，也不敢泄露，然而崔家的内外亲戚你是了解的，为什么不凭着你对她家的恩情向他们求婚呢？"张生说："我从孩童时候起，性情就不随便附和别人。有时和妇女们在一起，也不曾看过谁。当年不肯做的事，现在最终受到限制。昨天在宴会上，我几乎不能控制自己。这几天以来,走路忘了停下,吃饭忘了饥饱,恐怕过不了早晚,我就会因相思而死了。如果通过媒人去娶亲,纳采、问名,就得三四个月的时间,那时恐怕我已经不在人世了。你说我该怎么呢?"婢女说:"崔小姐为人正派谨慎,很注意保护自己,即使所尊敬的人也不能用不正经的话去触犯她。下人的主意,就更难使她听进去了。然而她很会写文章,常常思考推敲文章,因见不到善写文章的人而思慕很久。您可以作些情诗来打动她,不这样的话,就没有办法了。"张生非常高兴,马上作了两首诗交给了婢女。当天晚上,婢女又来了,拿着彩色的笺纸交给张生说:"这是崔小姐让我交给你的。"那诗的题目是《明月三五夜》,那诗写道:"待月西厢下,迎风户半开。拂墙花影动,疑是玉人来。"张生也稍微明白了诗的含义,这天晚上,是二月十四日。崔氏住房的东面有一棵杏花树,攀上它可以越过墙去。二月十六日的晚上,张生于是把那棵树当作梯子爬过墙去,到了西厢房,门半开着。红娘在床上躺着,张生很吃惊。红娘十分惊怕地说:"你怎么来了?"张生于是骗她说:"崔小姐的信中叫我来的,你替我通报一下。"不一会儿,红娘又来了,连声说:"来了!来了!"张生又高兴又害怕,以为一定会成功。等到崔小姐到来,就看她穿戴整齐,表情严肃,大声数落张生说:"兄长的恩德,救了我们全家,很深厚了。因此我的母亲把幼弱的子女托付给你。为什么叫不懂事的婢女,送来了淫乱放荡的诗词,开始是保护别人免受兵乱的道义作为,最终却要乘危要挟来索取,这是用乱换乱,二者有什么分别?假如把这诗词搁置不说,就是保护别人的奸诈行为,是不义的;若向母亲说明情况,就辜负了人家的恩惠,不吉祥;想让婢女转告又怕不能表达我的真实的心意。因此借用短小的诗章,希望自己开口陈说,又怕兄长为难我,所以使用了鄙俗柔弱的话,以便使你一定来到。如果不合乎礼的举动,心里能不有愧吗?只希望用礼约束自己,不要陷入淫乱。"说完,马上就走开了。张生怅然自失了很久,又翻过墙回去了,对这件事感到绝望。几个晚上,张生靠着窗户睡觉,忽然有人叫醒了他。张生惊恐地起身,原来是红娘抱着被子、带着枕头到来,安慰张生说:"来了!来了!还睡觉干什么?"把枕头并排起来,把被子叠放在一起,然后就离开了。张生擦擦眼睛,端坐了很久,尚且疑心自己是在做梦,但是还是整齐恭谨地等待着。很快,红娘就扶着崔氏来了。来到后,崔氏显得娇美羞涩,和顺美丽,力气好像支持不了肢体,跟从前的端庄完全不一样。那晚上是十八日,斜挂在天上的月亮非常皎洁,静静的月光照亮了半床。张生感到飘飘然,简直疑心是神仙下凡,认为她不是从人间来的。过了一段时间,寺里的钟响了,天要亮了。红娘催促离开,崔小姐娇羞哭泣,婉转悠长,红娘又扶着离开,整个晚上没说一句话。张生在天蒙蒙亮时就起床了,自己怀疑地说:"难道这是做梦吗?"等到天亮了,看到化妆品的痕迹还留在臂上,香气还留在衣服上,微微发亮、晶莹的泪痕还在床褥上。这以后十几天,一点也没有崔氏的消息。张生就作《会真诗》三十韵,还没作完,红娘来了。于是交给了她,让她送给崔氏。从此崔氏又允许了,他早上偷偷地出去,晚上偷偷地进来,一块儿安寝在以前所说的西厢那地方,几乎一个月。张生常问她郑姨母的态度,崔氏就说:"我没有办法告诉她。"张生于是想去跟郑姨促成这件事。不久,张生将到长安去,先把情况告诉崔氏。崔氏仿佛没有为难的话,然而忧愁埋怨的表情令人动心。将要走的前一天晚上,没有见到崔氏,张生于是向西走了。过了几个月,张生又来到蒲州,跟崔氏又相会了几个月。崔氏工于书写,还善于写文章,张生再三向她索要,但始终没见到她的字和文章。张生常常自己用文章挑逗,崔氏也不大看。大体上讲崔氏超过众人,技艺达到极高的程度,而表面上好像不懂;言谈敏捷雄辩,却很少应酬;对待张生情意深厚,然而却未用话表达出来;经常忧愁羡慕,隐微深邃,却常像无知无识的样子;喜怒的表情,很少显现于外表。有一天夜晚,她独自弹琴,心情忧愁,弹奏的曲子很伤感。张生偷偷地听到了,请求她再弹奏一次,却始终没有再弹奏,因此张生更猜不透她的心事。不久,张生赴京考试的日子到了,又该到西边去。临走的晚上,张生不再诉说自己的心情,而在崔氏面前忧愁叹息。崔氏已暗暗知道将要分别了,因而态度恭敬,声音柔和,慢慢地对张生说:"你对我起先是玩弄,最后是丢弃,你当然是妥当的,我不敢有什么遗憾。要是你玩弄了我,又最终娶我,那就是你的恩惠了;就连山盟海誓,也有到头的时候,你又何必对这次的离去有这么多感触呢?然而你既然不高兴,我也没有什么安慰你的。你常说我擅长弹琴,我从前害羞,做不到。现在你将要走了,就满足你的心愿。"于是她开始弹琴,弹的是《霓裳羽衣曲》序,还没弹几声,发出的悲哀的声音如怨如慕,不再知道弹的是什么曲子。身边的人都唏嘘不已，崔氏也突然停止了演奏。扔下琴，眼泪涟涟；疾步回到了母亲那里，再没有来。第二天早上，张生出发了。第二年，张生没有考中，便留在了京城，他给崔氏写了一封信，开导她的内心。崔氏的回信，粗略地记载在这里，信中说："捧读您的来信，知道你对我感情很深厚，男女之情的流露，使我悲喜交集。又送我一盒花胜、五寸口脂，你送我这些是想使头发增彩，使嘴唇润泽，虽然承受特殊的恩惠，但打扮了又给谁看呢？看到这些东西更增加了想念，这些东西更使悲伤叹息越来越多罢了。你既到京城参加举业，而进身的途径，就应该在京城安下心来。只遗憾怪僻浅陋的我，因为路远而被丢弃在这里，命该如此，还能说什么呢？从去年秋天以来，常常精神恍惚，像是失掉了什么，在喧闹的场合，有时勉强说笑，而在清闲的夜晚自己独处时，怎能不偷偷流泪。甚至在睡梦当中，也常感叹哭泣。离别的忧愁，辗转缠绵，虽然很短可又很不平常；幽会没有结束，好梦突然中断了。虽然被子的一半还使人感到温暖，但想念你更多更远。好像昨天才分别，可是转眼就过去一年了。长安是个行乐的地方，不知是什么牵动了你的思绪，还想着我这个微不足道的人。可是我想念你却毫不厌倦。低下浅薄的心意，无法向你答谢什么。至于我们的山盟海誓，我从来没有改变。我从前跟你以表亲关系相接触，有时一同宴饮相处，婢女引诱我，于是就在私下与你坦诚相见。男女的心不能自我控制，你有时借听琴来挑逗我，我没有像高氏美女投梭打击射鲲那样的拒绝。等到与你同居，情义很浓，感情很深，我愚蠢浅陋的心，认为终身有了依靠。哪里想到见了你以后,却不能成婚,以致给我造成了的羞耻,不再有光明正大地做妻子的机会。这是死后也会遗憾的事情,我只能心中叹息,还能说什么呢?如果仁义的人肯尽心尽力,体贴我的苦衷,因而委屈地成全婚事,那么即使我死去了,也会像活着的时候那样高兴。或许是通达的人,把一切事情都看得很随便,忽略小的方面,而只看大的方面,把婚前相交看作丑行,把胁迫订的盟约看作可要挟的条件,那么我的形体即使消失,诚心也不会泯灭。凭着风借着露,我的灵魂还会跟在你的身边。我生死的诚心,全表达在这信上面了。面对信纸,我泣不成声,感情也不能抒发出来。只是希望你千万爱惜自己、千万爱惜自己。这枚玉环是我婴儿时戴过的,寄去权充您佩戴的东西。玉,取它的坚固润泽不改变,环,取它的始终不断。再加上一缕头发,文竹茶碾子一枚。这几种东西并不值得被看重,我的意思只不过是想让您如玉般真诚,也表示我的志向如环那样不能解开。泪痕落到了竹子上,愁闷的情绪像缠绕的丝。借物表达情意,永远成为相好。心近身远,相会无期。内心的忧郁也许会与你千里相会合。请你千万爱惜保护自己。春风猛烈,多多保重。不要以我为念。"张生把她的信给好朋友看了,由此当时有很多人知道了这事。张生的好友杨巨源喜欢写诗词,他就写了一首《崔娘诗》:"清润潘郎玉不如,中庭蕙草雪销初。风流才子多春思,肠断萧娘一纸书。"河南府的元稹也接着写了《会真诗》三十韵。诗写道:"微月透帘栊,萤光度碧空。遥天初缥缈,低树渐葱茏。龙吹过庭竹,鸾歌拂井桐。罗绡垂薄雾,环珮响轻风。绛节随金母,云心捧玉童。更深人悄悄,晨会雨蒙

蒙。珠莹光文履,花明隐绣龙。瑶钗行彩凤,罗帔掩丹虹。言自瑶华浦,将朝碧玉宫。因游洛城北,偶向宋家东。戏调初微拒,柔情已暗通。低鬟蝉影动,回步玉尘蒙。转面流花雪,登床抱绮丛。鸳鸯交颈舞,翡翠合欢笼。眉黛羞偏聚,唇朱暖更融。气清兰蕊馥,肤润玉肌丰。无力慵移腕,多娇爱敛躬。汗流珠点点,发乱绿葱葱。方喜千年会,俄闻五夜穷。留连时有恨,缱绻意难终。慢脸含愁态,芳词誓素衷。赠环明运合,留结表心同。啼粉流宵镜,残灯远暗虫。华光犹苒苒,旭日渐瞳瞳。乘鹜还归洛,吹箫亦上嵩。衣香犹染麝,枕腻尚残红。幂幂临塘草,飘飘思渚蓬。素琴鸣怨鹤,清汉望归鸿。海阔诚难渡,天高不易冲。行云无处所,萧史在楼中。"张生的朋友听到这事的,没有不感到惊异的,然而张生的念头已经断绝了。元稹与张生交好,便问他关于这事的想法。张生说:"大凡上天所出的尤物,不祸害自己,一定会祸害别人。假使崔氏遇到富贵的人,凭借宠爱,能不做风流韵事,成为潜于深渊的蛟龙,我就不能预测她会变成什么。当初殷朝的纣王帝辛、周代的周幽王,拥有百万户口的国家,那势力是很雄厚的。然而一个女子就使它败亡了,部众崩溃,自身被杀,至今被天下耻笑。我的德行难以胜过怪异不祥的东西,所以克服自己的感情,跟她断绝关系。"当时在座的人都为此深深感叹。过了一年多,崔氏嫁给了别人,张生也娶了妻子。张生有一次恰好经过崔氏居住的地方,就通过崔氏的丈夫转告崔氏,要求以表兄的身份相见。丈夫告诉了崔氏。可是崔氏始终也没有出来相见。张生的怨念不舍,在脸色上表露了出来。崔氏知道后,暗地里写了一首诗:"自从消瘦减容光,万转千回懒下床。不为旁人羞不起,为郎憔悴却羞郎。"最终也没有见张生。几天后,张生将要走了,崔氏又写了一首诗来断绝关系:"弃置今何道,当时且自亲。还将旧时意,怜取眼前人。"从此以后彻底断绝了音信。当时的人大多赞许张生是善于弥补过失的人。我常在朋友聚会时,谈到这个意思,是为了让那些聪明人不做这样的事,做这样事的人不迷惑。贞元年九月,执事官李公垂,留宿在我的靖安里住宅,我谈到了这件事。李公垂觉得这件事突出新奇,于是我便写了《莺莺歌》来传播这件事。崔氏的小名叫莺莺,李公垂就用她的名字来作为篇名。

读后感悟

　　《莺莺传》为唐代元稹传奇名作。主体为贫寒书生张生对没落贵族女子莺莺始乱终弃之悲剧故事。篇末说:"贞元岁九月,执事友李公垂宿于予靖安里第,语及于是,公垂卓然称异,遂为《莺莺歌》以传之。"今考,唐德宗贞元二十年九月,元稹将故事讲给李绅(字公垂)听,李绅作《莺莺歌》,元稹写了这篇传奇。

杂录

虞世南

原文诵读

太宗将致樱桃于郳(xī)公,称奉则尊,言赐则卑。问于虞世南。世南对曰:"昔梁武帝遗齐巴陵王称饷。"从之。(出《国史》)

译文

唐太宗打算给郳公送樱桃,说"奉"就过于尊敬了,说"赐"又显得对方地位太低了。就询问虞世南。虞世南回答说:"从前梁武帝赠送东西给齐的巴陵王时用'饷'。"太宗听从了他的话。

读后感悟

一字之差,表意各异,言行举止,可不慎乎?

崔湜

原文诵读

唐崔湜，弱冠进士登科，不十年，掌贡举，迁兵部。父挹，亦尝为礼部，至是父子累日同省为侍郎。后三登宰辅，年始三十六。崔之初执政也，方二十七，容止端雅，文词清丽。尝暮出端门，下天津桥，马上自吟："春游上林苑，花满洛阳城。"张说时为工部侍郎，望之杳然而叹曰："此句可效，此位可得，其年不可及也。"（出《翰林盛事》）

杂录

译文

唐代人崔湜，二十岁时进士及第，不到十年，主管科举考试，后来升迁为兵部侍郎。崔湜的父亲崔揖，也曾在礼部任职，到这时父子天天在同一官署中担任侍郎。后来，崔湜多次登上辅政大臣的位置，而年龄为三十六岁。崔湜刚开始执政的时候，才二十七岁，形貌举动端正美好，文章的词句清新华美。曾在黄昏时候出了端门，到了天津桥，坐在马上自己吟诵："春游上林苑，花满洛阳城。"张说当时是工部侍郎，远远望见崔湜，叹息说："这句子可以效法，这个地位也可以得到，但是他的年龄是达不到的。"

读后感悟

唐人有俗语"三十老明经，五十少进士"，言进士科及第之难，有唐一代，二十岁前得以进士及第者不过元稹、陆贽数人而已。

歌舒翰

原文诵读

天宝中,歌舒翰为安西节度,控地数千里,甚著威令,故西鄙人歌之曰:"北斗七星高,歌舒夜带刀。吐蕃总杀尽,更筑两重濠。"时差都知兵马使张擢上都奏事,值杨国忠专权黩货,擢逗留不返,因纳贿交结。翰续入朝奏,擢知翰至,惧,求国忠拔用。国忠乃除擢兼御史大夫,充剑南西川节度使。敕下,就第辞翰。翰命部下捽于庭,数其事,杖而杀之,然后奏闻。帝却赐擢尸,更令翰决尸一百。(出《乾鐉子》)

译文

天宝年间,歌舒翰担任安西节度使,控制着方圆千里的地方,威势和名声非常卓著,所以西北边疆的人歌唱他说:"北斗七星高,歌舒夜带刀。吐蕃总杀尽,更筑两重濠。"当时派都知兵马使张擢去都城上报事情,恰逢杨国忠专权受贿,张擢就逗留在京城里没有返回,趁机贿赂交结杨国忠。歌舒翰接着也到朝廷来上报事情,张擢知道歌舒翰来了,很害怕,请求杨国忠提拔任用,杨国忠就授予张擢兼任御史大夫的职务,充任剑南西川节度使。任命文书下来以后，张擢就到歌舒翰住的地方去向他告别，歌舒翰就命令部下把张擢揪到庭下，列举了他的罪状，杖杀了张擢，然后才报告给皇上。皇上却把张擢的尸体赐给了歌舒翰，又让歌舒翰杖打尸体一百下。

读后感悟

史载哥舒翰家财丰盈，中年从军屡立战功，后因唐玄宗听信杨国忠谗言，致使其有潼关之败。唐代高适诗云："许国从来彻庙堂，连年不为在疆场。将军天上封侯印，御史台上异姓王。"

莲花漏

原文诵读

越僧僧澈得莲花漏于庐山，传之江西观察使韦丹。初惠远以山中不知更漏，乃取铜叶制器，状如莲花。置盆水上，底孔漏水，半之则沉，每昼夜十二沉，为行道之节。虽冬夏短长，云阴月黑，无所差也。（出《国史补》）

译文

越地和尚僧澈在庐山得到一个莲花漏,传到江西观察使韦丹手里。当初惠远和尚因为山里不知时间的变化,就用铜叶做了这种东西,形状像朵莲花。把它放在盆里的水上,它的下面有小孔可以漏水,漏进一半的时候,它就沉到了水底,每昼夜沉十二次,作为修行生活的时间标准。虽然冬夏有短有长,天气有变化,这个莲花漏并没有偏差。

读后感悟

古人计时之器具甚多,如日晷、圭表、漏刻等,此莲花漏大约与漏刻类似。

韦宙

原文诵读

相国韦宙善于经营,江陵府东有别业,良田美产,最号膏腴;积稻如坻,皆为滞穗。咸通初,授岭南节度使。懿宗以番禺珠翠之地,垂贪泉之戒。宙从容奏曰:"江陵庄积谷,尚有七千堆,固无所贪矣。"帝曰:"此所谓足谷翁也。"(出《北梦琐言》)

译文

相国韦宙善谋生计,江陵府东边有他的别墅,良田美产,最为肥沃。堆积的稻子像水中的小岛,都是成熟的稻穗。咸通初年,他被授为岭南节度使。唐懿宗认为番禺是出产珍珠翡翠的地方,告诫他不要贪婪。韦宙从容启奏道:"江陵庄积蓄的粮食,还有七千堆,本来就没有什么可贪的。"皇帝说:"这就是所说的足谷翁啊。"

读后感悟

俗语云"家中有粮心中不慌""民以食为天",无远虑者必有近忧,韦宙善经营治生产,号为"足谷翁",仓廪实而知礼节,有礼节而讲廉耻。

图书在版编目（CIP）数据

少年读太平广记：精美插图版/（北宋）李昉等编纂；杨柏林，刘春艳编译．—贵阳：贵州大学出版社，2023

ISBN 978-7-5691-0655-8

Ⅰ.①少… Ⅱ.①李… ②杨… ③刘… Ⅲ.①笔记小说－小说集－中国－北宋 Ⅳ.①I242.1

中国版本图书馆CIP数据核字（2023）第010314号

SHAONIAN DU TAIPINGGUANGJI: JINGMEI CHATU BAN

少年读太平广记：精美插图版

编　　纂：[北宋] 李昉 等
编　　译：杨柏林　刘春艳

出 版 人：闵　军
责任编辑：葛静萍

出版发行：贵州大学出版社有限责任公司
　　　　　地址：贵州市花溪区贵州大学北校区出版大楼
　　　　　邮编：550025　电话：0851-88291180
印　　刷：三河市天润建兴印刷有限公司
开　　本：880mm×1230mm　1/32
印　　张：28.75
字　　数：430千字
版　　次：2023年3月第1版
印　　次：2023年3月第1次印刷

书　　号：ISBN 978-7-5691-0655-8
定　　价：138.00元（全六册）

版权所有，侵权必究
本书若出现印装质量问题，请与出版社联系调换
电话：0851—85987328